[運河町の街路図]

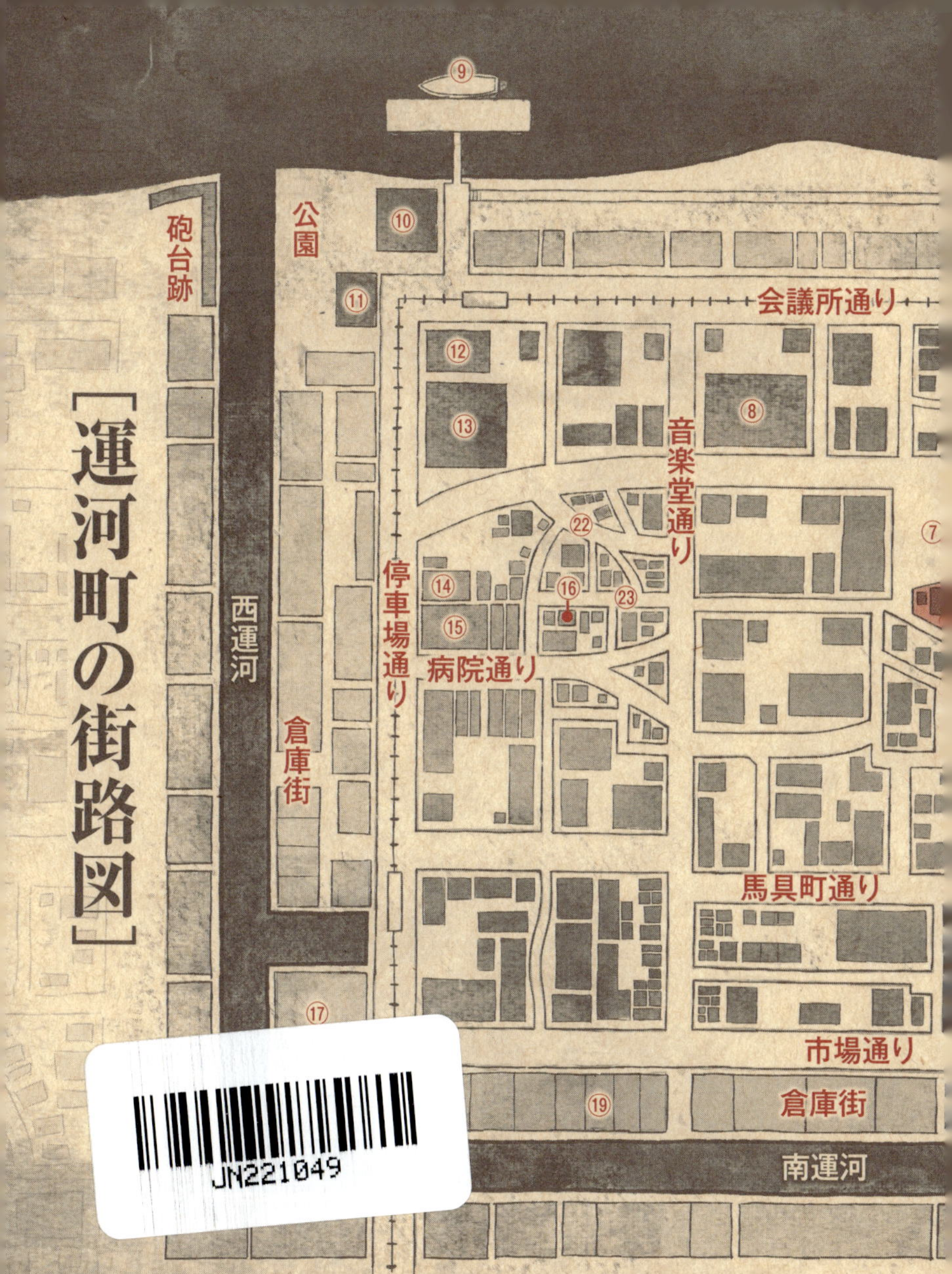

①運河町ホテル
②給水塔
③郡府法科大学
④群法大同窓会館
⑤郡法大漕艇部艇庫
⑥ロシア正教会
⑦正教会前広場
⑧音楽堂
⑨外輪船
⑩市立図書館(旧北海道炭礦汽船)
⑪商工会議所
⑫旧拓銀ビル(美術館)

砂の街路図

The Street Drawing of Sand

Sasaki Joh

佐々木 譲

小学館

目次

装画　佐々木悟郎
地図　熊谷誠人
装幀　泉沢光雄

砂の街路図

第一章　運河町ホテル

初めて来た街だった。

岩崎《いわさき》俊也《しゅんや》は、鉄道駅から広場に出ると、少しのあいだ目の前の街並みを眺め渡した。九月の青空のもとでも、その街の印象は暗い灰色であり、ひっそりと落ち着いていて、どこか哀しげにも見えた。石造りの西洋建築が多く、なるほど話に聞く明治期の港町を想起させる。少し異国的だ。大正時代、亡命ロシア人たちが多く移り住んだ、という歴史のせいもあるのかもしれない。しかもそのころのまま、時間が凍結したかにも見えるのだ。戦後の高度成長も、ましてやバブルの時代もこの街をよけて通ったかのようだ。広告看板やミラーガラスの建物のない街並みは、品のいい老嬢という雰囲気もあった。

携帯電話が鳴った。相手を確かめてから、俊也は携帯電話を耳に当てた。

「無事着いた?」と、桜井《さくらい》美由紀《みゆき》が聞いた。「もう、その街?」

「うん、着いたばかりだ」と俊也は街並みに目を向けたまま答えた。「空港でＪＲに乗って、二回乗り換えてやっといま」

「まだホテルにチェックインしたわけじゃないのね」

「これから」時計を見た。午後の二時四十分だ。チェックインにはちょうどいい時刻だ。

「ぶらぶらとホテルに向かうよ」

「調べてみたけど、古くていい街みたいね。一緒に行きたかったな」

「観光ってわけでもないから、誘わなかったんだ」

「お父さんのことを調べるって言ってたけど、こんどもっと詳しく話して。あたしとの約束ひとつキャンセルしてでも、その街に行かなくちゃならない理由も」

「このあいだ話したけど、家族のことなんだ。何か、あまりひと聞きのいいことじゃないんだと思う。母も、親戚の誰も、何も言わなかったんだから。だから、帰ってもこの街のことは話題にしないかもしれない」

「お互いのあいだに、秘密は持ちたくない」

「隠したいわけじゃない。でも、知る必要もないこともある」

「聞いてから、それがそうなのか考えたいわ」

「ぼくがこの街で何を知るかによるな。話題にできるかどうかは」

「お父さんは、その街で事故死だったんでしょう？　運河に転落だったたっけ？」

美由紀には一度だけ、父がすでに死んでいることを話した。互いの家族のことが話題になったときだ。ずいぶん若くして亡くなったのねと彼女が驚いたので、事故死だったともつけ加えている。

美由紀がさらに言った。

「お父さんが亡くなったわけ、事故じゃなく事件だったと考えているの？　事件だとはっきりさせて、犯人を見つけようとか」

「いや。そういうことじゃない。そんなにおおげさなことは考えていない」

「じゃあ、なに？」

「母も死んだし、ぼくが十二歳のときに、父には何があったのかを知りたいだけだ。ぼくや母を置いて、勤め先にも休むという電話一本、とつぜん北海道の地方都市に出向き、そうして死んだ。その父に、あのときこの街で何があったのか」

「事故、ということでは不満なのね」

「不満というよりは、不思議なんだ」

「というと？」

美由紀が促したので、俊也は少ししゃべる気になった。美由紀が理解してくれるかどうかはわからないけれども、少なくとも自分はいまそれを言葉にして誰かに発したい気持ちだった。

「うちは円満だった。父は常識人で、堅実な社会生活を送っていた。大酒も飲まない。趣味と言えば、ロシア文学を読むことだけ。父が何か屈折や大きな断念を抱えて生きていたようには見えなかった。なのに父は、ある日ぼくたちには行き先も告げずにとつぜん学生時代を過ごした街に行って、一週間、うちに連絡もしなかった。母がずっと心配していたけれど、けっきょく一週間たって警察から連絡があった。酔って、運河に転落したってね。それは、ぼくの知っている父の最期としては、どうも不似合いなんだ」

「事故は、誰にでも不似合いだわ」

「父が死んだ後、母も変わった。口数が少なくなり、明るさが少し消えた」

「自分の旦那さんが死んだら、どんな奥さんだってそうなる」

「それが二十年間続いたんだ。母は遺体を引き取りにこの街にやってきて、それをきっかけに変わった。引き取りのときにこの街で何かあったのかどうか、ぼくには何も話してはくれなかったけれど」

「あなたまで、その街で変わってしまわないかな。そこ、そういう街なんじゃない？」

「大丈夫。ぼくは変わらずに東京に帰るよ」

「お父さんのことで、その街に引っ張られてしまったのね」

「いや、そういうことじゃないって」

否定したが、でも正直なところ、俊也はこの郡府《ぐんぷ》自体にも関心があるのだ。生前の父からさほど多く聞かされたわけではないけれど、運河に囲まれた異国情緒のあるこの小都市への単純な好奇心も、確実にこんどの小旅行の動機のひとつとなっている。父が、そして母も、青春の四年間を過ごした街だ。母は北海道の岩見沢《いわみざわ》市という街の出身だからともかく、横浜出身の父がわざわざ選んで進学した大学のある街。そこが平凡だったり退屈だったり殺伐としていたりするはずはない。街自体に何か惹《ひ》きつけるものがあったはずだ、という想《おも》いがあった。

そもそも母の葬式のあとに、旅行雑誌のバックナンバーでこの街の紹介記事を読み、街路図を見た、その瞬間にここは陰影が濃くひだの多そうな街だと感じた。平板ではない。外貌がのっぺりしていない。わずか百六十年の歴史しかない小都市なのに、そこそこのドラマも持っている。都市建設と、何度かの洪水被害、市街地の大火、それらの災難を跳ね返しての繁栄。白系ロシア人の移住とコミュニティの成長。そして急速な産業の崩壊。衰退。歴史のある時点で時間が凍結されたようにも見えるから、逆に街の構造と外観はいまや希少価値だ。

俊也はこれまで、北海道には二度旅行したことがあったが、もちろん郡府は今回が初めてだ。母の葬儀をすませたあと、父の死の事情についての疑問と、郡府への好奇心は次第にふくらみ、とうとう母の四十九日の過ぎたところで、行くという決心に至ったのだった。もちろん父の死をめぐる事情への疑念の解明がこの旅行の主題だ。とすれば、郡府という都市への関心を口に出すことは不謹慎に思えた。だから美由紀と一緒のソウル旅行の約束をキャンセルするとき、俊也は父の死についての自分のわだかまりだけを強調したのだった。そうでもなければ、美由紀はキャンセルを許してくれなかったろう。

俊也がそのことをいま告白するかすまいかためらっていると、美由紀のほうから話題を変えた。

「ネットに出ていたけど、その街にはおいしいレストランがあるのよ。ロシア料理店」

「白系ロシア人が多かった街だからね。ロシア正教会もあるんだ」

「ガラス製品も有名なんだって」

「ガラス工房もいくつかあるらしい」

「お土産は、グラスがいいな」

「買って帰るよ」

「そちらには三泊だけね？」

「ああ。有休を入れて四日間だ」

「帰ってくる日、泊まりにゆく。いい？」

「いいよ」

「じゃあ、いい旅行になりますように」

俊也は、サンキューと短く言って、携帯電話を切った。ホテルまでの道を確かめねばならない。俊也はいま駅の待合室に置いてあった市街図と、札幌周辺のガイドブックを取りだして広げた。

市街図のほうは、手書き文字で書かれている。

「郡府みどころマップ」

この小都市は、その行政上の正式名称よりも、郡府、と通称で呼ばれることのほうが多いという。そもそもは北海道の開拓初期に、石狩川の水運の要衝都市として繁栄した街だ。大規模な治水工事で石狩川の流れが変わり、いっぽうで鉄道が内陸にも延びていって水運が意義を失い、結果として街は衰退した。

　郡府という通称は、かつてこの街に郡庁舎があったことの名残《なごり》である。市域の中でもとくに、いわば旧市街にあたる運河で囲まれたエリアは、運河町と呼ばれている。明治後期の建築が高い密度で集積しており、その規模は同じ北海道の小樽《おたる》市をしのぐという。

　また一万八千人という街の人口を考えると意外でもあるが、大学がふたつある。運河町エリアには国立の法科大学。明治初頭、行政官を緊急かつ大量に養成するために設置された官立法学校がその前身だ。運河町の外には、広い実習農場を持つ私立の農業大学がある。

　父は法科大学を卒業していた。母も同じ大学の出だ。実家が近いからこの大学に進学したという話だったが、当時は一学年三百人中女子学生は三十人程度。貴重品扱いだったと、存命のころに冗談めかして話してくれたことがある。

　公共交通の便は悪いが、クルマなら札幌から三、四十分という距離にある。そのためこの三十年ばかりは、札幌市のベッドタウンという性格を強めた。建物は古いが、そのぶん安く広い空間を借りることができるので、画家や工芸作家も少なくないらしい。

　俊也は地図に目を落とした。まずは運河町に入ることだ。

　ホテルは運河町の北東寄りにある。この鉄道駅からホテルまでは、一キロ少々というところか。路面電車を使えば三駅目。さいわい荷物はショルダーバッグひとつだ。土地勘をつけるため、街の様子を確かめながら歩いてゆくのがいいだろう。

鉄道駅から正面、真北方向に延びる大通りは、停車場通りと名がついている。路面電車が走る街路だ。百メートルほど先で、道はゆるい坂道となっているように見えた。緑色の電車が、ちょうどその坂の向こうから上がってきたところだ。そこに橋があり、橋の下が運河なのだろう。停車場通りは運河町の北端で右に折れる。いま俊也のいる位置からは見えないが、突き当たりには石造りの旧北海道炭礦《たんこう》汽船株式会社の支店だったビルがあるらしい。いまは市の所有で市立図書館として使われているという。国の文化財に指定されている、と「郡府みどころマップ」には記されていた。

俊也は駅前の広場を右手に回り、鉄道路線と平行に走る大通りを渡った。この通りは北海道道であり、街を貫く幹線道路ということになる。交通量はそこそこ多かった。路面電車の軌道は駅前で直角に折れてこの道路の東方向に延びている。

この街は二十年前、父が東京に妻と息子を残して消えた後、死んだ街でもある。父がこの街の運河で水死体で発見されたとき、俊也は十二歳。まだ小学生だった。自分は母とともども父に捨てられたのではないかと不安も極限に達したころ、死体を発見したという連絡を受けたのだった。

警察から連絡を受けた母がひとりこの街にやってきて、父の遺体を確認した。その死には事件性を疑える不審な点はなかったのだろう。何かの拍子に誤って運河に転落、溺れた、と監察医は判断したらしい。前夜、父は大酒を飲んでいたとも警察は調べていたという。

だから父の死は事故として処理され、遺体は東京に運ばれて、ごく慎ましやかな葬儀が営まれた。

当時、俊也は母から、父がなぜ突然この郡府に来たのか、その理由について教えられなかった。出張、と説明していたのだ。その後何年かして、学生時代のお友達と何か会う必要があったようだと母は言った。でも、誰とどんな用事で、という俊也の質問には、母は答えなかった。母もよくは知らなかったようだ。少なくとも父から理由を聞かされてはいなかったのだろうとは感じた。

母はほんとうは薄々は知っていたのではないか、と思うようになったのは、もう成人してからだ。そのときには、それが何であれ、息子には話せないことなのだろうと、俊也はひとり自分を納得させてきた。二カ月前の母の死まで。

母が死んで遺品を整理している際、父が死んだときに所持していたものも目にした。まず最初に目に入ったのは、父の学生時代の写真だ。キャビネ・サイズのモノクロ写真で、印画紙は劣化しており、色も薄くなっていた。水の中につかっていたせいだろう。それでも、法科大学の漕艇部《そうていぶ》艇庫、と壁に書かれた建物の前で撮られた記念写真とわかる。二十人ばかりの男女学生が前後三列に並び、少し緊張した面持ちで正面を見ていた。みなTシャツと短パン姿だ。たぶん何か印刷物にでも使うための公式的な写真と見えた。全員の表情が固いのはそのせいだ。

父が、後方左手に写っていた。父は大学二年まで漕艇部に入っていたと聞いていた。このときは部員として記念写真に収まったのだ。

写真の中の父は、俊也の記憶にある顔だちよりもやせており、当然若いけれども、面影はそのままだ。細面で、眉が薄く、唇はきつく真一文字に結ばれている。髪は、写真に写っている学生の中では長めだろう。前髪が額を隠している。

裏には、日付のスタンプが押されていた。かろうじて一九六九年の九月、という文字を読むことができた。最後の日の部分は判読できない。一九六九年というと、父は大学二年だったはずである。

ついで、ホテルのビジネス・カード。これも紙は酸化して、印刷はかなり薄れていた。でも、運河町ホテル、と読めた。

母からは、たしか一度だけ、父が亡くなるまで郡府で泊まっていたのはこのホテルだと聞いた。遺体の身元確認と引き取りに母が郡府に来たときも、このホテルに泊まったはずだ。自分もきょうここに泊まるつもりだ。ネットで予約ずみである。

マッチブックが一冊あった。かつては喫茶店などがよくノベルティ・グッズとして作っていたものらしい。臙脂色《えんじいろ》の表紙に、木版画調でランプのイラスト。硝子《ガラス》町酒房、という名が記してある。酒場なのだろう。所在地は郡府の硝子町二八だ。父が死の直前に大酒を飲んだという酒場が、この硝子町酒房なのかもしれない。少なくともそうした酒場のひとつと想像できる。中のマッチは一本も使われていなかった。父は煙草《タバコ》を喫《す》わなかったから、わざわざこれを持っていたことに何か意味があるはずだった。

もうひとつの遺品。父が死んだそのときに身につけていたもの。

数珠。

父は、とくに自分の数珠など持っていなかったという。通夜や葬儀が嫌いだったし、やむなく出るときも、数珠なしで済ましていたとか。だからこの数珠は、家を出てから買ったのだろう。郡府で購入したものかもしれない。いずれにせよ、数珠が必要になったのだ。誰かの葬儀か法要があったということだろう。単に墓参りではない。

そもそも父が郡府に向かったのは、誰かの葬式があると知ったからかもしれない。それとも何回忌かの法要があったのか。あるいは父は、誰かが危篤だという連絡を受け、相手の助からないだろうという判断を聞いて、あわてて郡府に向かったのか。見舞いというよりは、最期を看取るつもりで。

ともあれ葬儀があったのだとしたら、地元の新聞のお悔やみ記事にでもあたることで、ある程度わかるだろう。市立図書館には、二十年前の新聞の縮刷版などは揃《そろ》っているだろうか。なければ、この街の斎場などに直接問い合わせてみるしかないが。

父宛ての葉書や手紙の束の中に、大学時代の友人らしき男からのものがあった。狩野冬樹《かのうふゆき》という名で、大学卒業後、十年ぐらいは年賀状を出し合う仲だったようだ。最後の手紙はタイからのもので、以降は葉書もきていない。音信不通、という状態になったのだろう。どうであれ父は、友人もさして多くはない男だった。そもそも社交が嫌いというタイプであったのかもしれない。

とにかく、ホテルにチェックインしてしまうことだ。

俊也は少しだけ足を早めた。

郡府が水運で栄えていたころは、この街には安宿から高級ホテルまでずいぶん宿泊施設があったようだ。格式の高い和風旅館も。でも、多くはもう廃業している。ネットとガイドブックで調べた限りでは、いま郡府には全部で四つしかホテルと呼べる施設はなかった。そのうちひとつは、料金から考えるに商人宿だろうし、ひとつは駅前にあるビジネス・ホテル。さらに運河町の中にあるもうひとつのビジネス・ホテルは、オープンがつい十年前だ。消去法でゆけば、俊也が泊まるべきホテルは運河町ホテルのほかにはなかった。

駅からその北の運河までの百五十メートルは、この街の主要オフィス街だとわかった。銀行、信用金庫、郵便局のほか、通信関連の企業などのビルが並んでいる。これらのビルはほとんどが三階建てか四階建ての箱型で、コスト最優先の建築であることがはっきりわかった。どれも昭和五十年代前後の建築と見えた。ひとつだけ、橋のすぐ手前にわりあい最近の技術で建てられたとおぼしきビルがあったが、これは立体駐車場だった。

やがて俊也は運河に出た。旧市街地と言うべき運河町の南端を東西に延びる運河で、幅は三十メートルほどだろうか。運河は石狩川から水を引き込んでおり、地図を見ると、この南運河、そして東運河、西運河と旧石狩川本流跡の湖が、市街地を囲んでいることになる。その運河町と呼ばれるエリアの大きさは、南北およそ五百メートル、東西八百メートルと地図には書かれていた。全体は、少しいびつな台形をしている。また、運河町の中にも、小さな運河、水路が何本も掘られていた。父が卒業した法科大学は、運河町のいくらか東寄りにある。

南運河の左右の岸には、窓のない無骨な作りの倉庫が並んでいる。屋根の勾配はほとんど同じ角度で、みな運河のほうに傾いていた。運河には、ほとんど船はなかった。

俊也は、その倉庫群に目をやりながら、少し勾配のついた橋を渡り切った。橋の歩道部分が広く、欄干は石造りだ。大橋という名だ。

橋を渡り切ると、道の両側に並ぶ建物はいっそう古い雰囲気のものとなった。商店などはビニール製のひさしや化粧外壁材で壁を覆い隠しているが、建物自体の古さは隠しきれるものではなかった。凝灰岩《ぎようかいがん》の石造りのビルが目についたが、木造の二階家もけっこう残っている。

路面電車の通る停車場通りを真北に向かって歩いた。やがて真正面に石造りのクラシカルな二階建ての建物が見えてきた。市立図書館だ。

その図書館の裏手がかつての石狩川の本流跡だ。蛇行のショートカット工事のために、いまは石狩川のいわば盲腸のような湖となっている。工事完成と同時に定期船の運航はなくなったが、いまも船着場は残っている。そこにお役御免となった外輪船がつながれていて、石狩川水運の資料館となっているらしい。記念写真に写っていた大学漕艇部の艇庫というのは、たぶん船着場の並びの湖岸にあるのだろう。

市立図書館の前で、路面電車の軌道は右手、東側に折れる。東方向に延びるその通りは、会議所通りという名だ。通りの西の突き当たりに、商工会議所があるためだろう。商工会議所の裏手は公園となっており、運河をはさんでその西側に、戦争中に陸軍が築いた砲台跡がある。

この会議所の道をはさんだ角にも、石造りの荘重な建物が建っている。地図によれば、北海道拓殖銀行の支店だった建物とのことだ。現在は東京の不動産資本の所有で、地元出身画家の作品を集めた美術館になっている。

その南隣りは旧郡庁舎のビルで、現在は市庁舎だ。

つまりこの周辺は、郡庁舎という、地方の政治の中枢があり、さらに北海道炭礦汽船、北海道拓殖銀行、そして地元商工会議所という、街の経済部門のトップ三機関のオフィスがあったのだ。以前はこの交差点こそが郡府の中心地だったのだろう。鉄道駅に貼ってある郡府の観光ポスターにも、この地点を撮影した写真が使われていた。明治期の横浜・馬車道あたりの風景と見えないこともない。

俊也は会議所通りを右手に折れた。この通りは運河町の北側を東西に走っており、左右に立ち並ぶのはやはり石造りの建築だ。かつては運漕会社や倉庫会社、さまざまな商品の卸商などが事務所を構えていたらしい。いまは、それらの建物の多くは住居用に改装されて、ひとが住んでいるという。運河町ホテルは、この通りの東寄り、小運河のほとりに建っているようだ。ホームページで見ると、建物は石造りの四階建てだ。近代的なビジネス・ホテルなどよりは趣があることだろう。快適かどうかは別にしてもだ。

右手前方、通りのひとつ向こうに、またひとつ石造りのクラシカルな西洋建築が見えてきた。ただし、この街に多い凝灰岩造りではなかった。石灰岩と見える白っぽい石を積んでいる。その石の色のせいで、建物自体の印象は明るい。建物の前には、石畳みの前庭が設けられていた。地図で確かめると、音楽堂とある。これも文化財だ。

やがてまた行く手正面に橋らしき勾配が見えてきた。そこに東運河があるのだろう。地図によれば、その橋までまだ百メートルほどある位置に、小さな運河がある。三間運河と名がついていた。

その細い運河の手前、通りの南側に、運河町ホテルが建っていた。期待していたとおりの古いビルで、壁面に開いた窓は縦長だ。鉄のサッシの上げ下げ窓となっている。間口は五間ほどだろうか。奥行きのある造りのようだ。

歩道に自立型の看板が出ていた。

運河町ホテル　創業一九一〇年

一世紀の歴史のあるホテルということだ。

俊也は正面のステップを二段上がって、エントランスの重いガラス・ドアを開けた。控えめな照明のロビーがあった。エントランス側に、アンティーク調の木製のテーブルが二脚と椅子が置かれていた。いまは誰もいない。三間ばかり奥にレセプションのカウンターがある。階段やエレベーターはそのさらに奥にあるのだろう。

カウンターの内側にいるのは、歳《とし》のころ七十にはなっているだろうと見える老人だ。やせていて、細身の濃紺のスーツを着ている。

「いらっしゃいませ」と、老人は明瞭な発音であいさつしてきた。

俊也はカウンターに近づいて言った。

「予約してあります。岩崎です」

老人は、カウンター内側のＰＣモニターに素早く目をやってから言った。

「うけたまわっております、岩崎さま。三泊のご予定ですね。こちらのカードにご記入をお願いします」

俊也はカウンターのボールペンで素早く名前と東京大田区の住所を書き込んだ。

宿泊カードをカウンターの上に滑らすと、古い真鍮《しんちゅう》製のキーを渡された。建物によく似合ったキーと言えた。キーと一緒に、朝食券も三日分。

「右手に階段とエレベーターがございます。朝食は奥の食堂で。朝七時からでございます」

男の胸のネームプレートを見た。久保《くぼ》と書かれている。

俊也はキーを受けとってから、久保に言った。

「ずいぶん歴史のあるホテルなんですね」

久保はかすかに微笑した。

「百年以上になります」

「ずっとこの建物ですか？」

「いいえ。もともとは、停車場通りに面した場所にありました。昭和二十三年の大火で焼けて、そのとき空いていたこのビルで営業を再開させていただいたのです。以降ずっとこちらです」

「オーナーさんは、創業のときから同じなんですか？」

「いいえ」と、久保はもう一度微笑した。質問が意外だったのかもしれない。「三度、親会社が変わっております。バブル景気のあとに前の会社がこのホテルを売却しまして、いまの会社の所有となりました。地元資本です」

「お詳しいんですね。ずっとこちらに？」

「昭和二十三年の大火は、直接体験はしておりません。わたしは昭和四十四年からこちらなんです」

久保の口調も物腰も、ていねいで柔らかい。首都圏の格式あるホテルでコンシェルジェをやっても務まるのではないか、と思えるような雰囲気があった。北海道の地方の小都市のホテルに、久保のような男が働いているとは期待していなかった。

カウンターを離れようとしてから思い出し、俊也はもうひとつ久保に訊《き》いた。

「法科大学の漕艇部の艇庫なんて、場所はおわかりになりますか？　駅でもらった地図には出ていなかった」

「艇庫にご用事が？」

説明が難しかった。俊也は嘘《うそ》を言った。

「ボートにちょっと興味が」

久保はエントランスのほうに目を向けて答えた。

「脇の細い運河に沿って、北に半町ばかり歩きます。すぐに低い堤防にぶつかります。その向こうは、石狩川の昔の本流の跡です。三日月湖《みかづきこ》のかたちをしていますが、実際は川です。堤防の上には遊歩道がございますが、左手にまた二町ほど。艇庫は堤防の内側にございます。銀の鉄板葺《ぶ》きの、工場みたいな建物です」

礼を言ってエレベーターに向かおうとした。

久保が呼び止めるようなかたちで付け足した。

「ボートにお詳しいのでしたらご存じかと思いますが、法科大学の漕艇部はそこそこ強いんです。わたしがここに勤めるようになった年には、四人乗りの舵《かじ》なしフォアでは全日本選手権を取っています」

俊也は、久保を見つめた。

「昭和四十四年に?」

「はい。ここで働き始めたばかりだったので、よく覚えています。あのときは、この街からオリンピック選手が出るかもしれないと話題になりました」

昭和四十四年ということは、一九六九年だ。記念写真が撮られた年だ。

法科大学の漕艇部が舵なしフォアで全日本選手権優勝。それが一九六九年。父がまだ部員だったころ、漕艇部はそれだけの好成績を収めていたのだ。

父はそのときの記念写真らしきものを持ち、それから二十三年後にこの街に来て、死んだ。

その優勝と、父の死とは、何か関係があるのだろうか。あるとしたらどんなものだ？父の死をめぐる事情は、その一九六九年の漕艇部舵なしフォア優勝に結びつくことなのか？　だとしたらどんなふうに？

着いて早々なのに、俊也は自分がいまこの街にいることの意味をあらためて意識することになった。

エレベーターを降りると、廊下にはかすかに古い建物特有の匂いがした。劣化したクロスの匂い、黴《かび》の匂い、繰り返し何千回も使われてきた洗浄剤の匂い、かすかに煙草の匂いも混じっている。

廊下は一直線ではなかった。階段室とエレベーターを半巻きするように造られている。エレベーターの目の前にある非常口の案内図を見ると、この三階には六つの部屋があるとわかった。北側にふたつ、廊下の西側に並んでふたつ、南側にふたつ。俊也の部屋は三二号、南東の角の部屋だ。

部屋は、ビジネス・ホテルのシングルルームよりは広かった。セミダブルのベッドと、小さなティーテーブル。天井は少し高めだ。二メートル六十か七十センチはあるようだ。正面と左手に縦長の窓。鉄のサッシの上げ下げ窓だった。ベッドのヘッドボードの上には、市立図書館らしき建物のエッチングがかかっている。壁の腰板や洗面所のドアなどには、チョコレート色の木が多く使われていた。ホテルの外観に似つかわしく、部屋も全体にレトロな印象だった。ヨーロッパの田舎の小ホテルの一室という趣がある。

左手の上げ下げ窓を開けてみた。身を乗り出そうとして気づいたが、壁が厚い。四十五センチ、あるいはそれ以上ある。石造りならではの厚さだ。窓のすぐ下には、細い水路がある。ガイドブックには三間運河と記されていた運河だ。運河の向かい側は、倉庫と見える二階建ての古い木造の建物だった。トタン屋根が手前の運河のほうに傾斜していた。

南側の窓を開けると、下には小さな駐車場がある。ほぼ正面方向に給水塔らしき施設の上部が見えている。建物の屋根ごしに、煉瓦《れんが》のビルと時計塔。あれが父の通っていた法科大学かもしれない。右手に目を向けると、やはり建物群の向こうに緑色の細身の屋根。頭頂部にはタマネギ形の飾りがついている。あれはおそらくこの街のロシア正教会の建物だ。そのそばに露人街があって、質の高いロシア料理店も何軒かあるはずである。

俊也は、いったん窓を閉じると、ベッドの端に腰かけて、あらためてこの街の案内図を広げた。

大学漕艇部の艇庫までは、運河に出てほんの少し。その場所を確認したあと、まず大学に行くというのはどうだろう。父の死の秘密は、もしかすると大学時代の、それも漕艇部員であった事実に関連しているかもしれない、という気がしてきた。たぶん大学図書館には、漕艇部の部誌のようなものがある。なかったとしても、大学自体の紀要とか年鑑はあるだろうし、そこにはなんらかの記述があるはず。どんな部員がいて、その年に部では何があったか、記録しているだろう。舵なしフォアという種目での全日本選手権優勝についても、詳しいところが調べられるにちがいない。

それから次に行くのは、市立図書館だろうか。父が死体で発見されたころの、地元の新聞の縮刷版などがあれば読んでみたかった。溺死体の発見は、この規模の街ではそこそこのニュースだったにちがいないのだ。警察発表が記事として掲載されているのではないか。

それから、あのマッチブックの店、硝子町酒房。酒場であるとしたら、店が開くのは夜になってからだ。早くて五時過ぎ。六時ならば確実だろう。その酒場で、店のひとに父との関わりを訊《き》いてみる。

地図の上に指を這《は》わせて、硝子町、という地名を探した。すぐに見つかった。音楽堂の南西側にある。

運河町は、全体に街路は直線で、おおむね格子状の都市計画に見える。ただし部分的にその格子が崩れて、道がグチャグチャと表現できないこともないエリアがあった。まず目につくのは、正教会と正教会前広場周辺だ。細かな通りが、そこだけ迷路っぽく複雑に組み合わさっている。もう一カ所が、市庁舎の建物の南東側にある一帯だ。硝子町である。このブロックの通りはどれも短めで狭く、不規則に折れ曲がっている。

郡府みどころマップによれば、この硝子町周辺は、飲食街らしい。何軒かのレストランや酒場と思える店の名が印刷されている。

その硝子町の店には最後に行く。それが、とりあえずきょうすることだ。

俊也はショルダーバッグの中から、旅行用のサブバッグを取り出した。コンパクト・カメラや財布を入れてちょうどいっぱいになる程度の大きさのものだ。俊也は手帳と郡府みどころマップをそのサブバッグに入れて、肩から斜めがけした。

ドアを開けて廊下に出ようとしたときだ。左手側隣りの部屋のドアが閉じられ、カチリと固い音がした。いま俊也が部屋を出る直前まで、ドアが少し開いていたようだ。誰かがちょうど部屋に入ろうとしていたところか。いや、と俊也は思い直した。むしろ部屋から出ようとして、俊也の気配にあわててドアを閉じたようでもあった。隣りの泊まり客は、少しシャイなのだろう。わからないでもない。狭いホテルの廊下で、隣り合った部屋から同時に客が出てくる状況というのは、自分もいくらか苦手だ。あいさつに戸惑うだろう。

部屋を出て廊下を歩くと、エレベーターを使わずに階段へと向かった。ここは三階だ。エレベーターなしでも昇り降りできる。階段は大理石を貼ったクラシカルなもので、てすりも石だった。ステップの中央部分がわずかに磨耗している。

フロントには久保が立っていた。

「行ってらっしゃいませ」と、慇懃《いんぎん》なあいさつ。

キーを預け、黙礼して通りすぎようとして、ひとつ思い出した。

「こちらでは、古い宿泊記録などは残っていますか？」

久保が首を傾けた。

「とおっしゃいますと？」

「むかし、父がこのホテルに泊まっているはずなんです。いつからいつまでだったのか、その記録があるかなと思って」

「いつごろのことでございましょう？」

「ちょうど二十年前」

久保はちらりとカウンター内側のPCモニターに目を向けたようだ。

「うちが記録をコンピュータ管理するようになったのは、平成七年、一九九五年からです。それ以降のものでしたら、データベースの中にあると思いますが」

「それ以前は？」

「宿泊台帳での管理です。ただ、二十年前のこととなると、倉庫の奥に残っているかどうか」

「もし残っていたら、拝見することは可能でしょうか」

久保は微笑しながら首を振った。

「ホテルの宿泊記録は、デリケートな個人情報でございます。警察からの問い合わせに対しては回答する義務はございますが」

ノーと断られたのだ。

「ありがとう。いや、気にしないでください」

「お役に立てませんで」

もうひとつ、訊きたいことを思い出した。俊也は郡府みどころマップを取り出しカウンターの上に広げて、久保に訊いた。

「この運河町の中には、さらにいくつか町があるんですね。硝子町とか、鍛冶町とか。そういう業種が固まっていた町ということですよね？」

久保はうなずいた。

「そもそも運河町という呼び方が、正式のものではありません。通称というか、地元のひとの呼び方なんです。東京にも、原宿という地区がありましたね。原宿というのは、行政上の名前ですか？」

「いや、そういえば通称ですね。いま正式に原宿という地区があるわけじゃない」

「もっと言えば、この街の郡府という呼び方も通称です。ほかにも郡府と呼べる街は北海道にいくつもあったのですが、いまは郡府といえば、この街を指しています」

「東京で言えば、それは国分寺に当たる呼び方かな」

「範囲は大きくなりますが、長野県を信州と呼ぶようなものですね。地元民にとって親しいのは、郡府という呼び方です。その郡府の旧市街が、地元の呼び方で運河町、公的には本町です」

「硝子町というのは？」

「これも昔の呼び方でしょう。その業種が集まっていた通りを、なんとか町と呼んで、それがいま通りの名前として残っているんです。通りの名前は公的にも使われていますが、エリアとしての硝子町や鍛冶町があるわけではありません。本町の一丁目とか二丁目に含まれています」

「このみどころマップは、通称のほうを使っているということですね」

「わかりづらいでしょうか？」

「いえ、一丁目二丁目と書かれるよりも、わかりやすいですよ」

俊也はもう一度小さく頭を下げて、ホテルのエントランスを出た。

第二章　法科大学

会議所通りを右手に曲がると、ホテルの建物の端がもう三間運河だった。

俊也は会議所通りを横断し、運河に沿って北方向に歩いた。通りをほんの五十メートルほど歩くと、そこは河岸だった。三間運河の端には水門があり、道の正面がわずかに高くなっている。三段の石段がついていた。

石段を上がりきると、低い堤防の上だった。空が広い。風景はまっ平らだ。北海道中央部の大きな平野の中、まして視点は水面からわずかに二メートル少々といったあたり。空も景色も広く見えて当然だった。

目の前に川がある。かつては石狩川の本流だったという蛇行の跡だ。幅は百メートルか、あるいはそれ以上あるだろう。向こう側は平坦《へいたん》な農地で、まったく人家は見えない。左手方向の水面を、二艘《そう》のボートが滑っている。おそらく法科大学の漕艇部のボートなのだろう。俊也は堤防上の遊歩道を左手に歩いた。

川の側から見る運河町の街並みは、まるで城壁だった。川岸に沿って建っているのが倉庫ばかりのせいかもしれない。窓の少ない石の壁の建物がずらりと、高さを揃《そろ》えて並んでいるのだ。ぽつりぽつりと古いオフィス・ビルふうの建物がまじって、いくらか単調なその城壁ふうの外観にアクセントをつけている。

灰色の石造りの倉庫群の中にひとつ、銀色の建物が見えてきた。壁も屋根も波形鋼板造りだ。小さな鉄工所とかガレージとも見える建物。壁に大書きされている文字が読めた。

郡府法科大学漕艇部
ここが艇庫なのだろう。しかし、わりあい新しい。父が漕艇部員だった当時の艇庫ではないようだ。

俊也は艇庫前に立ち止まって、川岸の西方向に目を向けた。五百メートルほど先だろうか、川岸から桟橋が突き出ているのがわかる。桟橋は先端で、ちょうどTの字を作るように左右に伸びているようだ。そこに一隻の小型船がつながれている。

俊也は堤防を引き返すと、三間運河の西側の道を南へと歩いた。

すぐに会議所通りに出た。この通りをいましがたとは逆方向に渡り、三間運河に沿ったまま、並木の歩道を百メートルほど進んだ。いくらか広めの街路に出た。みどころマップで確かめると、給水塔通り、と名がついている。右手には赤煉瓦の建物群がある。法科大学だ。煉瓦の塀に囲まれている。正門はこのブロックの反対側にあるようだ。給水塔通りを渡ってさらに二ブロック行くと、三間運河はここで西側に折れていた。角の部分は、舟を転回させるためか、広くなっている。運河にはひと専用の幅の狭い鉄橋がかかっていた。

俊也は道を右手に折れ、三間運河沿いの通りを西に歩いた。

ブロックの終わったところを右手に折れた。この通りには、水車町通りと名がついている。一ブロック先の右手の煉瓦塀の途中に石の門柱があった。鋳鉄《ちゅうてつ》製の扉が内側に開かれている。左手に、警備員のいる小さな建物。ひとり初老の警備員が立っていたが、門を抜けた俊也にとくに注意を向けてくるようではなかった。

正門の内側は、前庭だった。そこここに十数人の学生たちが見えた。学生たちの服装や雰囲気は、東京のそれとほとんど変わらない。女子学生はふたりだけだ。女子学生比率は昔のままなのかもしれない。

前庭の奥に建っているのは、クラシカルな赤煉瓦の建物だった。二階建てだ。丸の内にある三菱一号館を小振りにしたようなビル。エントランスには、ギリシアふうの柱が左右に立っている。その右手横には、ガラス扉のついた掲示板。さらに構内案内図があった。近づいて確かめてみると、この単科大学は、運河町の一ブロックを完全に占めているとわかった。おおまかに言って、漢字の「日」の字を作るように敷地に建物が配されていた。中庭がふたつある。

北側の建物のひとつが、図書館だった。俊也はエントランスから建物に入った。中は少し暗めの照明だ。天井の高い廊下は、ひんやりとして、靴音がよく響いた。

案内に従って奥へと進み、左手に折れると渡り廊下だった。その先のやはり赤煉瓦造りの建物が図書館だった。俊也は、入り口のガラス・ドアごしに中を覗《のぞ》いた。吹き抜けの部屋で、回廊がある。天井まで本棚が作りつけられていた。フロアには、四人がけのテーブルと椅子が整然と並んでいる。手前にカウンターがあった。

ドアを押して中に入ると、カウンターの中で女性が顔を上げた。司書だろう。歳《とし》は三十歳くらいか。染めていない髪を頭のうしろでまとめ、額を出している。細面の顔にメガネをかけていた。その司書の視線が俊也の目の上に少しのあいだ留まった。大学関係者だったかどうかと、記憶と照合しているような目の色だった。カウンターの中にはほかに司書らしき者は見当たらない。

俊也はカウンターに近づいて言った。

「部外者なんですが」

「はい」と、司書は微笑して小首を傾《かし》げた。

「こちらの大学の紀要か年鑑などは、見せてもらえるでしょうか?」

「ええ。紀要と、資料年鑑を毎年出しております。こちらで、ということですね」

「はい」

「何年のものか、ご希望はございます?」

「一九六九年。いや、次の年のものになりますか。六九年前後の記録をまとめたものを見たいのですが」

「こちらへどうぞ」

司書はカウンターの内側から、外へと出てきた。首から身分証明書を提げている。牧野《まきの》、という苗字《みようじ》を読むことができた。

「年鑑類は、このコーナーなのですが」と、牧野という司書はカウンターに近い一角へと案内してくれた。

禁帯出のシールの貼られた、リファレンス関連書の棚だった。十数架の書棚が並んでおり、そこに収納されているのは新聞の縮刷版、年鑑、それに百科事典類だった。その書棚の列の一部に、大学関連の資料の棚があったのだ。

牧野という司書は、俊也に振り返って言った。

「大学のことで、何かお調べなのですか?」

俊也は答えた。

「たいしたことではないんですが、父もこの大学の卒業なんです。もう二十年も前に亡くなっているんですが、父の大学時代のことを少し知ることができたらと思って」

「卒業生名簿は、それだけ独立して年ごとに作られています」

「部活動のことが詳しいのは?」

「紀要ではなく、資料年鑑のほうでしょうか。お父様は、何部でいらしたのですか?」

牧野も俊也の調べものに少し興味を持ったようだ。

「漕艇部でした」

牧野という司書の顔が少しだけほころんだ。

「うちの運動部でいちばん強いのが、漕艇部です」

「オリンピックにも出られたとか」

「え、そうなんですか？」

その反応で、俊也は自分が早とちりしたと気づいた。ホテルの久保は、あのときはこの街からオリンピック選手が出るかもしれない、と話題になったと言ったのだ。つまり、出てはいない。オリンピック選手は生まれていない。

「いえ、勘違いでした。全日本選手権でしたね」

「そうですね。一度だけ、優勝しています。三日月湖がすぐ近所ですから、練習環境は最高ですし」

司書は目の前の棚を指さして言った。

「このあたりに紀要と資料年鑑が揃っています。もし何かわからないことがあったら、ご遠慮なく。利用者カードを持ってまいりますので、一応ご記入ください」

俊也は、資料年鑑の六八年分から七一年分までを引き出して、テーブルの上に重ねた。

資料年鑑には、体育会の組織の紹介と、所属教員、学生の名簿が含まれていた。俊也は漕艇部の名簿の上に指を滑らせ、父の名を探した。四十人ほどの学生の名がある。

父の一年生のときにあたる六八年度版には岩崎裕二《ゆうじ》の名があった。しかし、三年生だった七〇年度版には名が消えている。退部したのか、何か処分でも受けたか。いずれにせよ、父は七〇年には漕艇部員ではなくなっていたようだ。

漕艇部の記録を見てみた。六八年は北海道の大学選手権地区大会では総合七位。エイトも舵なしフォアも、下から二番目という成績だ。しかし六九年の大学地区大会では伝統校の北海道大学を破って総合優勝。そして全日本選手権にはエイトと舵なしフォアに出場し、フォアのほうが優勝している。

ボート競技にはうといが、全日本選手権で優勝となると、たいがいの競技の場合はメンバーが強化指定選手となる。集中合宿に集められて、国際大会あるいはオリンピックへの挑戦が期待されるのではなかったろうか。久保が言っていたのも、そのことだろう。

舵なしフォアの主要メンバーらしき漕艇部員の名が記されていた。レギュラーの四人が四年生、ほかひとりが三年生。最後のひとりが二年生だった。父は入っていない。

七〇年度版の資料年鑑からはフォアの選手の名が消えていた。四年生だった四人は卒業しただろうから当然として、三年生、二年生だった選手の名もない。そもそも部員の数が、前年の二十五人から十四人に減っていた。この数は、漕艇部として存立しうるぎりぎりの線ではないのだろうか?

ふしぎに思って、監督と顧問の名を見た。これも六九年度版と七〇年度版では替わっていた。

監督は六九年まで十五年漕艇部監督を務めた男だ。かつての国体選手だと紹介されていた。その名がなくなり、大学の教員が就く顧問職も、ひとが替わっていたのだ。全日本選手権で優勝したほどのチームで、翌年度には部員が減り、監督も顧問も替わった？　少し奇妙に思えた。ふつうこういう場合、人気が出て部員は増え、監督も顧問も引き続き同じ陣容で指導、ということになるのではないか？

そこに牧野という司書がやってきた。

「お手数ですが、よろしければこれにお名前とご住所を」

利用者カードだった。俊也はそのカードとボールペンを受け取った。大学関係者ではないのだから、利用者カードに名を書くのは当然だろう。

「お調べもの、わかりました？」

俊也はうなずいた。

「父の名が見つかりました。当時は強かったんですね」

「カナダの国際大会にも出られるんじゃないかって、そのくらい評価が高かったみたいです」

「どうしてこの大学の漕艇部員が、強化指定選手にならなかったんでしょう」

「さあ」司書の表情は少し打ち解けていた。最初の見知らぬ部外者への警戒が消えたのかもしれない。「あの年の優勝が、フロックと思われたのかもしれませんね。出すなら伝統の強豪校からという判断だったのかもしれません。スポーツの世界では、よくあることでしょう？」

たしかに柔道でもマラソンでも、国内での勝利や記録は必ずしもオリンピック代表の資格あるいは条件とはならないのだ。協会幹部の胸ひとつで「総合的に」判断されるのがスポーツの世界のはずだ。ボートも、同じなのだろう。

それにしても、漕艇部の活躍は市民の話題になるくらいだったのに、翌年、漕艇部は部員大幅減、監督も顧問も交替となった。六九年から七〇年にかけて、陣容を変えねばならないような何かが起こったのだろうか。全日本優勝のあとの成績が極端に悪くなったとか。

しかしそれは、いま自分が優先的に調べねばならないことではなかった。この図書館での用事はこれで終わりだ。

俊也は利用者カードに記入を終えて司書に渡した。

司書はカードに目を落としてから訊《き》いた。

「ご旅行なんですか？」

東京の住所を書いたからだろう。

「ええ。父が学生時代を過ごした街というのが、以前から気になっていて」

「八十年前で時間が止まった街、だなんて書かれます。ガイドブックや旅行記には。でも、たたずまいが昔なつかしいだけで、時間はけっして止まってはいないんですけど」

「時代を追いかけて無残になった街に較《くら》べたら、ずっと素敵ですよ」

「ほんとうに？」

「駅から歩いてみましたけれど、そう思った」

「そんなふうに言ってくれるひとがいると、住人としてはうれしくなります」

「この街にずっと?」

「ええ。祖父がこの大学で教えていたんです。わたしは札幌の大学に進学したんですけど」

「建物が素敵ですね。この図書館も」

「学生からは、不平も出ています。古いので、冷暖房がきかない。とくに冬が寒いって」

「文句を言うひとは、何にでも言う」

俊也は資料年鑑をまとめて重ねた。

「そのままでけっこうです」と司書が言った。「戻しておきます」

礼を言うと、司書はまた微笑した。いましがたよりももっと親しげな表情となっていた。図書館をほめたことがよかったのかな、と俊也は思った。この職場はおそらく、彼女の誇りなのだ。

俊也はもう一度頭を軽く下げて図書館を出た。


次は市立図書館だ。

行くには、もう一度会議所通りに出て戻るというルートもある。しかし、べつの道を通ったほうが面白そうだった。

みどころマップを取りだして確かめると、給水塔通りを西方向に歩く道が面白そうだった。途中にロシア正教会と広場があり、ロシア人街がある。その一ブロック先で道は少し左手に曲がって、なぜか路地が不規則にからみ合うエリアにつながるのだ。硝子町というのがそのあたりだ。硝子町に出る手前で交差するのが音楽堂通り。ここで右に折れて会議所通りに出ると、市立図書館がすぐだった。

大学の正門前から半ブロック北に戻って、給水塔通りに入った。会議所通りが運河町の表通りだとしたら、ここは裏手の商店街ということになるのだろうか。ひと目見ただけで、いくつかの大手飲食チェーンの店が目に入った。ハンバーガー・チェーン、ドーナツ専門店、シアトル系喫茶店、ネットカフェ。それに書店とＣＤショップ、楽器店が並んでいる。大学に近いので、学生街という性格の通りなのかもしれない。

一ブロック西に歩くと、通りの南側にタマネギ形の屋根を持つロシア正教会がある。灰色の凝灰岩造りだ。みどころマップには単に、正教会、と記されている。正教会の西側に、さほど広くはない石畳の広場があった。正教会前広場だ。この広場と正教会の周辺一帯がロシア人街で、とくに正教会南側の小路を露人街と呼んでいるらしい。ロシア料理店が三軒、その小路の中にあるとのことだった。

もともとこの街には、ロシア人貿易商たちが数家族住んでいたという。ロシア革命のあと、ウラジオストックから小樽まで逃れてきた白系ロシア人たちが、先住のその家族たちを頼って郡府に身を寄せた。大半はその後、アメリカに移住することになるのだけれど、郡府に残ったロシア人家族も十数組あった。そのひとたちが、いまのロシア人街の基礎を作り、ロシア正教会を建てたのだ。

一時郡府に滞在した亡命者の中には、世界的なバレリーナ、タチアナ・ベルチンスカヤがいた。彼女がいっとき指導したバレエ教室には、彼女の名がそのまま残っている。聖教会前広場の南にあるベルチンスカヤ・バレエ・スタジオだ。もちろんいま教えているのは、彼女の二代あとの弟子筋にあたる女性だそうだが。

広場を左に見ながら、俊也は西へ歩いた。なるほど広場の周囲には、何人か白人の姿がある。乳母車を押して広場を横切って行くママも白人だった。ふと気がつくと、給水塔通りに出ている表示にも、キリル文字が併記されていた。少し歩くと開けた交差点に出た。給水塔通りはいくらか左手方向に曲がっている。右手側には音楽堂の白い建物が見えた。その交差点を南北に貫いている街路は音楽堂通りだった。俊也は音楽堂通りを右手に折れた。行く手の通りの先を、緑色の路面電車が横切っていった。

再び会議所通りに出た。道を渡ると目の前が市立図書館である。かつて北海道炭礦汽船の支店があったというビル。俊也はそのビルのいささか荘重すぎる意匠のエントランスから、建物の中に入った。

正面の案内所で訊《たず》ねると、この街には地元で発行されている新聞があるとわかった。郡府日日新聞、である。明治二十五年の創刊時からの縮刷版も揃っているという。

さらに札幌に本社のあるブロック紙も、この街に支局を置いていた。地元情報がそこそこ詳しいようだ。この地域版は縮刷版には収録されていないが、二十年前の記事であればマイクロ・フィルムで読めるとのことだった。

案内の係員が、縮刷版とマイクロ・フィルムを見る手配をしてくれた。俊也は、年輩の女性司書に天井の高い閲覧室の奥へと案内された。

「何にご興味を?」と、その司書はテーブルに縮刷版を運びながら訊いてきた。

少しためらってから、俊也は答えた。

「じつは、父がこの街で事故にあって、亡くなっているんです。それがどういう記事になっているのか、読みたくって」

「二十年前? 交通事故?」

「いえ。運河に落ちたらしいんですが、詳しいことはわかりません」

「お父さん、この街には旅行にいらしてたんですか?」

「そうなんです」

あのとき父はとつぜん失踪し、一週間後に警察から連絡があって初めて、行った先がわかったのだった。もちろんそのことは、軽々しくひとに教えられることでもない。

その女性司書が離れたところで、俊也は地元紙の縮刷版を開いた。記事はすぐに見つかった。長いものではない。警察発表をそのまま短くまとめただけのような記事だった。

「二日午前六時ごろ、運河町の三間運河水門近くにひとが浮いているのを、近所のひとが発見した。

通報を受けた警察と消防が、すぐに現場からこのひとを引き揚げたが、すでに死亡していた。所持品から、このひとは東京都の団体職員、岩崎裕二さん(42)とわかった。岩崎さんは旅行中で、前夜は硝子町で相当量のアルコールを飲んでいたという。深夜、宿泊先のホテルに帰る途中、酔って運河に落ち溺れたものと見られる」

事件性などまったく疑っていないとわかる記事だった。一応は変死にあたるはずだが、司法解剖されたようでもない。北海道では、これも手続き上はありうることなのかもしれなかった。死体が発見された水門は、さっき通ってきた場所だ。

もうひとつは、ブロック紙の地域版の記事だ。マイクロ・フィルムを見る専用の小部屋で読むことができた。郡府日日新聞と大差のない中身の記事だ。

「二日朝、運河町の三間運河水門内側にひとが浮いているのを近所のひとが発見、警察に通報した。

警察と消防はすぐにこのひとを引き揚げたが、すでに死亡していた。所持品から、このひとは東京都在住の岩崎裕二さん（42）とわかった。岩崎さんは前夜硝子町でビール大瓶三本、ウィスキー約二百cc以上を飲んでおり、酔って運河に落ち溺れたものと見られる」

酒量が具体的なのは、警察が前夜の足どりを調べ、何をどのくらい飲んでいったか確認ずみということなのかもしれない。新聞発表までにそこまで調べていたのであれば、たしかに司法解剖をする前に事件性なしと判断しても妥当かもしれなかった。そもそも所持品の中には財布があり、多少の現金も入っていたのだ。物盗りに襲われたとは考えにくい。たぶん外傷もなかったのだろう。

ひとつ収穫があった。父はどうやら、この街にいたあいだはずっと、あの運河町ホテルに滞在していたようなのだ。誰か知り合いなり、知り合ったばかりの人物の個人宅に泊まっていたわけではない。なんとなく俊也は安堵《あんど》した。自分はまだ、知る必要もない父の秘密を暴いてしまったわけではない。

その市立図書館を出るとき、俊也は思いついて年輩の女性司書に訊いた。

「硝子町酒房ってお店をご存じですか?」

女性司書は、俊也を見つめ返してきた。質問が意外だったようだ。

女性司書が訊いた。

「硝子町酒房、ご存じなんですか?」

俊也は答えた。

「名前だけ。食事などはできるところでしょうかね?」

「酒場ですけれど、いろいろメニューはあります。お腹《なか》がふくれるものも」

「この街では有名なお店ですか?」

司書は微苦笑と見える顔になった。

「変わったお店です」

「居酒屋?」

「ああいうの、なんと呼ぶのかしら。無国籍酒場かな。マスターが無愛想なんで、覚悟して行ったほうがいいかも」

「マスター以外は?」

「アルバイトの女の子がいますよ」

「一見《いちげん》の観光客が行っても、問題ないでしょうか？」

「大丈夫でしょう」

もう一度頭を下げて玄関に向かおうとしたとき、掲示板に目がいった。例の外輪船を転用した郡府の資料館のポスターが目に入ったのだ。ポスターの上のほうに、係留された外輪船の写真。そして下三分の一に印刷されているのは、郡府の古地図と見えるものだ。建設されてまだ日も浅い時期のものかもしれない。運河の内側の道路は直線の格子状で、この街がきわめて人工的かつ計画的に建設されたものであることを示している。郡府みどころマップにあるような、迷路状の道路の部分はなかった。

その女性司書に、俊也は言った。

「昔は、運河の内側はもっと整然としていたんですね」

司書もそのポスターに目を向けて言った。

「最初はそうだったんですよ。でも何度か大火があって、そのたびに焼けた一帯がゴチャゴチャとしてきた」

「昭和二十三年の大火のことですか？」

「二十三年の一回だけじゃないんです」司書はそのポスターに近寄り、古地図の一部を指さした。「硝子町のあたりは、たしかに昭和二十三年に焼けた。前の運河町ホテルも燃えて、いまのところに移転したんです」

久保からも聞いた話だ。

「この正教会前広場のあたりは、明治時代に燃えてる。まだそんなにロシア人が多くなかったころ」

司書は続けた。

「この街に石造りの建物が多いのは、その明治時代の火事の反省からと言われています。もともと倉庫はたいがい石造りだったけど、事務所とか工場なんかも石造りになっていったのは、明治の大火のあとから」

「煉瓦《れんが》の建物も多いですね」

「近くに煉瓦工場もあるので。っていうか、まだありますね。お隣りの江別《えべつ》に」

俊也は、古地図の中にひとつ、かなり目立つ大きさで記されている建物名に目を留めた。

運河町倶楽部、とある。

停車場通りの東側、市立図書館から二ブロック南といったあたりだろうか。

「この建物は、大きかったのでしょうね」

「ああ、運河町倶楽部は、よくいろんな話に出てくるんです」

「どういう施設なんです?」

「会員制の社交クラブ。と言っても、じっさいは郡府土建という会社が経営していたところなんですけど。洋食料理店があって、ビリヤード場とか、囲碁のサロンなんかも。二階が客室」

「石造りですか？」

「いえ、木造だった。そのせいもあって、あっさり燃えてしまった」

「あっさりとは？」

「放火だったんですよ。十二月の、寒い雪の夜に。放火犯ふたりはすぐに捕まって死刑になったんだけど、あとになってからふたりは無実だってわかった」

「いつごろの話なんですか？」

「戦前。昭和八年。小林多喜二が殺された年。この運河町倶楽部放火事件って、日本版サッコとバンゼッティ事件って言われているんですけど、聞いたことありません？」

　俊也は首を振った。

「サッコと、なんと言いました？」

「バンゼッティ。アメリカのイタリア系移民で、無政府主義者だった。ふたりのことは映画にもなったそうです。主題歌をジョーン・バエズが歌ったとか」

「フォーク歌手のジョーン・バエズですか。ビートルズと同じころのシンガーですよね」

「ええ。運河町のこの事件に興味があれば、まとまったコーナーがあります。研究書も何冊か書かれている。小説にもなっているんですよ。運河町倶楽部自体についても、本が書かれたことがある」

「そんなに興味深いところだったんですか」

「この街がいちばん栄えていた時期、有力者たちが集まるクラブだったから、エピソードも面白いことが多いんです。小樽と張り合って、お客たちがお大尽遊びをしたりとか」

俊也は腕時計を見た。まだ五時を少し回っただけの時刻だ。硝子町酒房に行くには早いかもしれない。その運河町倶楽部についての資料を見せてもらうことにした。

あらためて司書の胸のＩＤカードを見た。

川中《かわなか》恵美子《えみこ》、という名だとわかった。

館内に引き返し、一階閲覧室の奥へと歩いた。窓の外に外輪船を見る場所に、その倶楽部と事件関連の書籍、資料類を集めた書架があった。

川中は、書架を示して言った。

「まず当時の新聞記事のホルダーから見てゆくとわかりやすいかもしれません。こちらのテーブルをお使いください」

川中がカウンターのほうに歩いて行ったので、俊也は勧められたとおり、まずスクラップ・ブックを取りだした。

「運河町倶楽部放火事件１」と背表紙に記してある。

テーブルに広げて、読み始めた。こういう事件だった。

第三章　運河町倶楽部

昭和八年の暮れも押し迫った十二月二十八日、雪の夜のことだ。深夜零時を回った時刻に、停車場通りに面した運河町倶楽部の二階から出火した。火はたちまち燃え広がって、建物全体を包み込んだ。

建物は燃え落ち、翌朝になってようやく鎮火した。焼け跡からふたりの焼死体が発見された。

ひとりは、女性の泊まり客だ。花田佳代《はなだかよ》。四十五歳。倶楽部の事実上のオーナー、芝崎《しばさき》喜三郎《きさぶろう》の愛人だった女性だ。札幌の薄野《すすきの》界隈で名を馳《は》せた芸者だった。

もうひとりは、年輩の男性泊まり客だった。

その夜、倶楽部には十二人の客が泊まっていたが、ほかの客は早めに逃げて無事、泊まり込みの従業員にも被害はなかった。芝崎自身は急用で札幌へ出ており、列車を逃してこの夜は郡府にはいなかった。

花田佳代の死因は一酸化炭素中毒。煙にまかれ一酸化炭素を吸って死亡した後、焼けたのだという検視報告だった。その夜大酒を飲んだせいで、出火も気がつかないほどに熟睡していたらしい。

冬のことでもあるし、館内では多くの石炭ストーブが焚《た》かれていた。警察は失火と放火の両面から捜査していたが、六日後、ふたりの男を現住建造物等放火の疑いで逮捕した。重罪犯ということである。

逮捕されたのは北炭駒別《ほくたんこまべつ》炭鉱で働く坑内員、伊藤伍一《いとうごいち》と、郡府法科学校の学生、吉村兼男《よしむらかねお》。ふたりとも、日本共産党員と発表された。

放火の背後には、駒別炭鉱に於《お》ける労働争議がある、というのが警察の見方だった。じっさい駒別炭鉱では、劣悪な労働条件の改善を求めて、この年の十月に同盟罷業があった。罷業が一週間も続いたころ、会社側が雇った無頼漢たちが、炭坑夫の集会を襲った。

その無頼漢たちというのは、芝崎喜三郎が経営する郡府土建の従業員だった。芝崎は土建会社として北海道の各地の炭鉱にタコ部屋を設け、炭鉱会社に坑夫を派遣していた。そのタコ部屋の棒頭《ぼうがしら》たちが、棍棒《こんぼう》や匕首《あいくち》を持って集会を襲撃したのだ。

多くの怪我人が出たが、警察はこれを捜査しなかった。さらに十一月、争議を指導した炭鉱の共産党員が行方不明となった。飯塚克治《いいづかかつじ》という非公然の活動家だった。彼は十日後に近所のズリ山で死体で発見された。労働者たちは会社側が雇った無頼漢たちの犯行と指摘したが、やはり警察の動きは鈍く、無頼漢たちへの追及もなかった。同盟罷業は、何の成果も出せないままに終結、争議に深く関わった炭坑夫たち六十名が解雇された。

その労働争議終結からふた月後の火災だった。燃えた建物の持ち主が郡府土建のオーナー、芝崎喜三郎。焼死したのが、たまたまこの日札幌からやってきていた芝崎の愛人、花田佳代である。警察は、共産党が飯塚克治殺害の報復として、郡府土建の経営者である芝崎の運河町倶楽部の建物に火を放った、それも芝崎の愛人が泊まった日を選んでの計画的犯行だった、として、逮捕したふたりを送検した。

逮捕された伊藤と吉村は無罪を主張したし、ふたりの家族や共産党関係者も、冤罪《えんざい》だと訴えた。しかし札幌地方裁判所はふたりを有罪と認めて死刑判決を下した。控訴も上告も棄却された。上告棄却の言い渡し後、さほどの日にちを置かずに刑は執行された。

死刑執行の翌日、郡府と駒別とで、抗議の集会とデモがあった。警察はこの集会とデモに対しても弾圧で臨み、合わせて四十人以上が怪我を負っている。

この事件は、欧米にもはっきりと冤罪事件として伝えられた。サッコとバンゼッティ事件でも死刑に抗議して留置場入りしたアメリカの作家ドス・パソスが、日本政府に対して裁判のやり直しを求める書簡を送っている。

それから四年後の昭和十三年である。もと郡府土建で棒頭だった男が、東京で殺人事件を起こして逮捕された。この男は、警察の余罪追及に対して、運河町倶楽部放火は自分がやったことだと供述した。社長である芝崎喜三郎からの命令で、火をつけたのだと。警察は取り合わなかったが、公判で彼はもう一度同じことを証言した。法廷は一時ざわついたが、判事もこの発言を無視して裁判は進行した。

三月後、この棒頭は千葉刑務所の中で不審死している。このころから、法学者や良心的なマスメディア関係者のあいだからも、運河町倶楽部放火事件は冤罪ではなかったかとささやかれるようになった。

戦後の昭和二十二年になって、芝崎喜三郎が死去した。この後、裁判では被告ふたりの目撃証言者だった男が、地元新聞の記者に対して偽証を告白した。彼は放火事件の四日後に窃盗で逮捕されたのだが、警察の誘導的な取り調べのために偽証することになったという。戦前の事件であり、死刑は執行されているため、裁判のやりなおしとはならなかったが、この偽証が明らかになったところで、冤罪は定説となった。被告遺族による国家賠償の請求訴訟がおこなわれたが、司法の側は戦前の裁判の誤りを認めなかった。原告は敗訴している。

この事件をめぐるノンフィクションは、偽証証言が出た直後に一作、昭和三十年代と四十年代に入ってそれぞれ一作ずつ刊行されている。

俊也はスクラップ・ブックでそこまでを頭に入れたところで、書架を眺めた。三冊のノンフィクションが並んでいる。

『運河町倶楽部放火事件の謎』

『火をつけたのはわたしじゃない　史上最大の冤罪事件』

『誰が火を放ったか　運河町倶楽部が燃えた夜』

新書サイズの本も一冊ある。

『運河町放火殺人』

これは同じ事件を題材にした小説のようだ。

さらに法律書が十冊ばかり並んでいる。タイトルからは中身が想像できないが、法律上の視点から事件を検証したものなのだろう。

書架には、白っぽい簡素な装幀の本も収まっていた。

『検証　運河町倶楽部放火事件』

この本の版元は、郡府法科大学出版会となっていた。あの大学は、冤罪事件の被害者を出しているから、事件の当事者ということにもなる。著者は、たぶん法科大学の教授なのだろう。

奥付を確かめてみた。著者の簡単なプロフィールが記されている。やはり法科大学の教授だった。刑法を専門としている牧野《まきの》邦彦《くにひこ》という人物だった。

事件から五十年後の昭和五十八年には、伊藤伍一、吉村兼男のふたりの無罪をあらためて訴えるシンポジウムが、この運河町で開かれた。このイベントに関するスクラップ・ブックも一冊、書架に収まっていた。シンポジウムの記録もまた、法科大学出版会から刊行されている。

三冊のノンフィクションをぱらぱらとめくって読んでみた。

「謎」については、明快な答えが出ていた。放火を企《たくら》んだのは、芝崎喜三郎だったのだ。彼は愛人である佳代が次第にうとましくなり、殺害による清算を考えた。本社と自宅のある郡府に佳代を呼び出し、自分自身はやむをえない事情ということで札幌に出てアリバイを作った。そしてその夜に、雇い人である棒頭に放火させた。激しい労働争議のあとだから、放火犯として確実に共産党関係者へ疑惑が向くと考えたようだ。芝崎の浪費がたたって会社自体も資金繰りが悪化しており、芝崎は火災保険金を欲していたという事情もあった。

坑夫と学生の共産党員を現場で目撃した、という証言者が出てくるところまでは、芝崎は想定していなかったようだ。警察の関心を共産党員たちに向ければ、あとは自動的に容疑者が上がってくるだろうと考えたのだろう。じっさい警察は芝崎の期待どおりに動いた。同じ地方で炭鉱の大争議があり、共産党員には死者も出ている。警察は共産党の動きにはきわめて警戒的になっていた。そこに放火事件である。しかも焼死者のひとりは、スト破りを請け負った土建会社の、社長の愛人だ。警察が共産党の犯行とみなすのもごく自然な成り行きだった。うまいことに、そこに火事場泥棒が出た。誘導すると、たちまちそのコソ泥は、警察が望むとおりの供述をしてくれた。

その証言を得て、警察には自分たちが事件をでっちあげたという意識さえなかったろう。頑として否認するアカの確信犯の犯行という読みを、取り調べに当たった捜査員も捜査を指揮した幹部も、疑ったことはなかったにちがいない。

俊也はついで、法科大学の教授が書いたノンフィクションのほうを手に取った。

ざっとめくってみても、いかにも刑法学者が専門的な視点から書いたものらしい文章だった。言い回しも、論理構成も、厳格で抑制されていた。ところが、偽証したコソ泥について触れている部分だけ、妙に筆致が乱れている。

「卑劣漢」「人倫にもとる」「良心のかけらもない」「信じがたい人格の歪《ゆが》み」

そのあたりだけ、別人が書いたかと思えるような感情的な文章になっていた。

冤罪の被害者が自分の大学の学生であったということで、冷静にはなれなかったのだろうか。

その研究書とスクラップ・ブックをもとに戻した。書架にはほかに、芝崎喜三郎についての評伝らしきものもあった。

『義に生きる　芝崎喜三郎伝』

これは芝崎の生前、昭和六年の刊行。

『我れ開拓の礎となりて　英傑・芝崎喜三郎』

これは昭和十四年の刊行。

どちらにも、芝崎喜三郎の写真が口絵としてはさみこまれている。写真館で撮ったものらしい、かしこまった写真。口髭《くちひげ》をはやし、和服を着ている。手にはステッキ。眼光の鋭い中年男だ。頰から口もとにかけての線が険しく、あまりひとあたりのよさそうな男には見えない。もっとも北海道でタコ部屋を経営していた男となると、顔はどうしても暴力団幹部によくありがちなものになるだろうが。

運河町倶楽部についての本も一冊出ている。戦前の有名作家による滞在記らしい。

『明治浪漫　運河町の酒楼にて』

運河町についての写真集も、戦前にすでに出ていた。

『写真集　運河町旅情』

取りだして開いてみると、停車場通りの写真に並んで、建物の写真があった。

木造で、宮造りの玄関のついた二階家だ。窓は縦長である。和洋折衷様式の、装飾の多い建物だった。

写真集を眺めているところに、司書の川中が戻ってきた。

「たいへんな事件だったのですね」と俊也は言った。

川中は書架の並びにさっと目をやってから言った。

「戦前って、そういう時代だったんでしょうね。あなたも、この事件について何か調べているんですか?」

「いいえ。ただの旅行者です」

俊也は写真集を書架に戻してから訊いた。

「いま運河町倶楽部の跡はどうなっているんですか?」

「火事のあと、芝崎喜三郎はもう同じようなビルを建て直すつもりはなかったそうです。土地を手放して、新しいビルが建ちましたよ。それも、もう建て替えられて、いまあるのはわりあい新しいビル。損保会社が入っています」

「新しいというと、いつごろのものでしょう」

停車場通りは歩いたが、そんなに新しいビルがあったとは記憶になかった。

川中は言った。

「昭和五十年ころのビルでしょう。白くて、四角の」

ほぼ四十年前の建築ということになる。この街では、四十年前のビルなら新しい部類のようだ。

そこに、閲覧室のほうからひとりの老人が歩いてきた。

川中がその老人に声をかけた。

「お帰りですか、高瀬《たかせ》さん」

高瀬と呼びかけられた老人は、微笑してうなずいた。

「そろそろ帰って、晩飯の支度だ」

「お買い物もあるんですよね」

「市場に寄っていく」

高瀬は登山帽のような帽子をかぶり、ツイードのジャケット。ゆったりしたパンツに、足元はトレッキングシューズだ。帆布のショルダーバッグを斜めがけしている。散歩好きの定年退職者によくいがちな雰囲気の人物だった。歳《とし》は六十代なかばくらいか。

「そういえば」川中が俊也に振り返って言った。「高瀬さんは、運河町倶楽部のことも、事件のことも、ここの郷土史にも詳しい。もし興味があれば、高瀬さんにお話を聞くのがいいかもしれません」

俊也は言った。

「わたしはただの旅行者ですよ」

「ろくな土産ものもない街です。その代わりに土産話でも、いいんじゃありません？」

高瀬が俊也に訊いてきた。

「興味があるのかね？」

「ええ」俊也は少しとまどいながら答えた。「亡くなった父が、ここの法科大学の卒業なんです。前から気になっていた街なんですが、北海道にはなかなか来る機会もなくて」

「ご覧のとおりの、火山灰に埋もれていたような街だ。運河町倶楽部の跡まで歩きながら、案内してもいいよ」

「停車場通りを？」

「なかなかに見どころの多い大通りだよ。知っているかな。戦前の東京が舞台になった映画にも写っている」

高瀬は映画のタイトルを口にした。たしかそれは二・二六事件を題材にした映画ではなかったろうか。二十年くらい前の制作で、当時の若手男優たちが大勢、帝国陸軍の将校役で出演した。

「あの映画の銀座とか赤坂あたりの風景は、この街で撮影されたんだ。停車場通りは銀座通りに見立てられた」

それはうなずける話だった。この街の停車場通りや会議所通りなら、交通規制をするだけでそのまま戦前の東京として撮影可能に見えた。さっき歩いて通ったときに、自分もそう感じた。また裏通りなら、昭和三十年代を描く映画の撮影にも使えそうだ。ＣＧなしで。

川中が言った。

「よろしく、高瀬さん」

高瀬が建物を出て、石の階段を降り始めた。まあ、二百メートルばかりつきあっても悪くはあるまい。俊也は高瀬を追って、彼に並んだ。

目の前で、ちょうど緑の路面電車が、停車場通りから東方向に曲がるところだった。旧北海道拓殖銀行支店ビル、現在の美術館のほうへと渡る横断歩道の信号は赤である。

高瀬が言った。

「正面に見える旧拓銀ビルは、一度ホテルになったことがあるんだ。美術館になる前」

「いつごろのことです？」

「ちょうどバブルのころ。あの時期は、逆にここのような時間が止まったような都市が観光地としても魅力的に思えたんだろうな。本州の観光資本が買って、改装してホテルにした。金庫室がバーだったんだよ」

「古いビルをホテルにするというのは、いい使い途《みち》ですね」

「ヨーロッパでは古い建物の転用は多いと聞くね。だけど、ここのホテルはあまり流行《はや》らなかった。数年で廃業した」

「何か理由でも？」

「ひとつは宿泊料金が高過ぎた。夕食をホテルのフランス料理店で取ると、ひとり一泊三万円台になったはずだ。ワインを頼めばさらにかかる。バブルの時代であっても、北海道まで旅行に来て、それだけの宿泊料金を支払える富裕層なんて、そんなにいなかったんだ。ほんとうの金持ちたちは、なにもわざわざ運河町に来なくても、ベネチアでもブルージュにでも行けたのだから」

信号が青になった。俊也は高瀬と並んで、道を渡った。

歩道に上がってから、高瀬が言った。

「この先、市庁舎の並びに、郡府日日新聞社がある。地元の新聞だ。創業が明治二十五年だから、けっこう歴史ある新聞社だ」

さっき図書館で、その紙面の一部を見ていた。夕刊紙とはいえ、この規模の都市で、独立した新聞社を経営できるというのはなかなかのことではないだろうか。

高瀬が続けた。

「創業者の回想録によれば、石川啄木《いしかわたくぼく》も一度はこの新聞社で働く予定だったそうだ」

啄木のことは、多少知識があった。彼はたしか北海道に縁が深く、函館と札幌、小樽、釧路《くしろ》で働いたことがあったのではなかったろうか。

「その話は」と高瀬。「研究家たちは認めていないんだ。手紙なりなんなりの記録がない。

ただ、回想記で社主が、自分は啄木からの求職の書状と履歴書を受け取って、雇うという返事を出した、と書いているだけだ。でまかせかもしれないが、地元民としては、もしかして啄木がこの街で働いて、街のことを詠っていたかもしれないと想像するのは楽しい」

俊也たちは旧拓銀ビルの横の石畳の歩道を南に歩き、市庁舎の前を過ぎた。給水塔通りとの交差点を渡り、三十メートルほど歩いたところで、高瀬が足をゆるめないまま、左手のビルを示した。

「ここが郡府日日新聞社。地元ではシェア一位の新聞だよ」

石造りの三階建ての建物だった。間口はわずか三間ほど。運河町ホテルの外観ともよく似ている。

俊也は言った。

「いま図書館で、運河町倶楽部放火事件について、郡府日日新聞のスクラップ・ブックを見てきたところです。完全に警察寄りの視点の記事でしたね」

「そうだろうな。その時代のことはわたしは直接体験していないけれど、新聞はそういうものだろう」

「オーナーの芝崎という人物、タコ部屋を経営していたと書かれていました。それって、いまで言う暴力団のフロント企業ってことでしょうか」

「そういう言い方もできるか」高瀬はうなずいた。「なのに、街の名士のひとりだった。運河町倶楽部も、本人を含めた街の十二人衆という有力者たちの思いつきで生まれたのさ」

「十二人衆？」

「町長と、郡長と、北炭の支店長、こういった連中が街を牛耳っていた。芝崎の倶楽部に夜ごと集まっていた男たちだ。当時、街のことはすべて、倶楽部のレストランで決まると言われていたそうだ。公共工事の振り分けから、目立つ娘の縁談まで」

郡府日日新聞社の前を通りすぎると次に左側に現れたのは、白い四階建ての建物だった。

「ここが倶楽部のあった場所。いまはこのとおり、オフィスビルになっている」

「そういえば、以前の運河町ホテルというのも、このあたりですよね」

「この並びだった。昭和二十三年の大火まで、そこにあったそうだ」

高瀬が歩きながら俊也を見つめてきた。

「けっこうこの街に詳しいみたいだな」

「きょう知ったことばかりです」

「お父さんからは、あまり思い出話などは聞いていなかったのかな」

「ほとんど。この街の大学を出たということぐらいしか」

「何年の卒業だった？　わたしも同じ大学の出身だ。もとは函館だけど、卒業後もこの街で仕事を見つけて、住み着いてしまった」

「父は、たしか一九七二年、昭和四十七年の卒業です」

高瀬の顔に一瞬何か翳《かげ》のようなものが走った。昭和四十七年卒業という言葉に、明らかに何か思い当たったことがあるようだ。

「高瀬さんも、もしかして同じころの卒業でしょうか」

　高瀬が俊也に顔を向けてきた。

「あなたの苗字《みようじ》、聞いたろうか？」

「岩崎です」と俊也は答えた。

　高瀬が俊也を見つめたまま、まばたきした。

　俊也は、高瀬のその表情の意味を考えた。

　苗字を聞いて、彼は何か思い当たった。父が学んだのは、小さな単科大学だ。同級生の数はせいぜい三百人。同じ時期にその法科大学に通っていたという高瀬が、父の名を知っていてもおかしくはない。いや、親しかったとしても、全然ふしぎではないのだ。

　俊也は訊《き》いた。

「父をご存じですか」

　高瀬は、かすかに狼狽《ろうばい》を見せて言った。

「いや、そういうわけじゃない。昔のことだし」

「漕艇部《そうていぶ》だったそうです」

「漕艇部か。そうだったのか。仕事は？」

「ふつうのサラリーマンです。団体職員でした」

　もうその話題に興味は失った、という口調に感じた。これっきりにしようと。

俊也が黙っていると、高瀬は言った。

「さて、わたしの案内はここまでだ。それじゃあ」

とまどう俊也をその場に置いたまま、高瀬という男は横断歩道を渡っていった。

第四章　硝子町酒房

空はかなり暗くなってきている。俊也は時計を見た。午後の五時四十五分だった。そろそろ硝子町酒房に向かってもよいころだろう。

俊也はまた郡府みどころマップを確認した。いま高瀬が渡っていった通りを左手に折れると、都市計画の崩れた、街路が不規則に組み合わさったエリアに出る。運河町の酒場街だ。

俊也はみどころマップを手にしたまま通りを左手に折れた。道は直線ではなかった。少し右手方向に曲がっているようだ。病院通り、という街路だ。通りの左右には、三階建て四階建ての雑居ビルが並んでいる。いくつもの飲食店の看板が灯《とも》っていた。居酒屋、焼鳥屋、寿司屋《すしや》が目立った。大手全国チェーンの店はない。三十メートルほど歩くと、左手、かつての運河町倶楽部の裏手に当たる場所に路地があった。抜けられるようだ。両側に木造の建物が並んでいる。この路地には、こぶりの看板が五つ六つ出ていた。スナックとか、カウンターバーが集まっているようだ。

路地を抜けると、一方通行の通りに出た。この通りも直線ではなかった。前方が見通せない。見上げると、電柱から通りの表示が出ている。

硝子町通り
地図によれば、この通りを中心にした一帯が、硝子町という地区のはず。かつてはガラス工房が並んでいたという。ガス灯やランプを作っていた町工場もあったのだろう。

俊也は看板をひとつひとつ見ながら、通りを右手、東方向に歩いた。通りに出ている看板は、喫茶店、エスニック料理の店、それに大衆食堂のものが多いと見える。石造りの建物があって、そこにはビリヤードという看板が出ていた。建物はかつての大火のときも焼け残ったものだろうか。

そのまま道なりに歩いてゆくと、さきほど通った音楽堂通りに出た。この音楽堂通りを左手に折れると、会議所通りに出る。

硝子町酒房は見つからなかった。看板を見落としたのだろう。俊也はいま歩いた硝子町通りを引き返した。

左手にひとつ、二股《ふたまた》に分かれた路地の入り口を見つけた。ごく短い路地。気がつかずにその前を通り過ぎていたのだ。

その路地の一本に折れて、向こう側へ抜けてみた。

また一方通行の通りに出た。瓦斯灯《ガスとう》小路、とある。街路灯は、たしかにガス灯を思わせるクラシカルなデザインのものだった。かつては運河町の主要な通りにはすべてガス灯がついていたはずだから、この名がついているということは、この小路は電灯化が最後まで遅れたのかもしれない。

瓦斯灯小路の左右を見渡すと、右手向かい側に、硝子町酒房と記された看板があった。ドアの上につけられている。俊也は地図をポケットに収めると、通りを横切ってその店の前へと向かった。

建物は、石造りの二階家だった。さほど大きくはない。間口は二間だ。倉庫っぽい外観だが、商家の石倉として使われていた建物だろうか。ひょろんと背の高い石の塔とも見える。やはり大火でも焼け残った建物なのだろう。

店の前まで歩いて、さらに詳しく外観を眺めてみた。この街でもうたくさん見てきた凝灰岩造りだ。ドアは正面真ん中にあって、木製だ。ＯＰＥＮ、と英語表記の板が下げられている。看板には古いランプの絵が描かれていた。硝子町酒房、という文字も、木版に彫られたようなデザインだ。メニューを記した案内のようなものは出ていなかった。クレジット・カードのシールも見当たらない。しかし、この街の酒場だ。俊也が支払いに困るほど、ビール一杯の値が高い店ではないだろう。

ドアの左側に、小さな窓がある。鉄板張りの鎧戸《よろいど》が開かれていた。黄色い光が漏れているが、中をのぞきこむのは控えた。

俊也はもう一度、その硝子町酒房のドアを見つめた。

父は溺死する直前、泥酔するほどにこの店で酒を飲んでいたはずだった。新聞記事と遺留品から、そうと推測できるのだ。

そのとき父はここで、誰かと会って一緒に酒を飲んだのか。それともひとりで飲んだのか。そこのところはわからない。俊也はまずそれをこの店のオーナーなり従業員に訊《たず》ねるつもりだった。あの警察発表をもとにしたと思《おぼ》しき新聞記事から想像すれば、警察は父の溺死体が見つかったあと、この店に事情を聴いている。おそらくは遺留品のマッチブックを手がかりにしてだ。父が大酒を飲んだことも、その店を出た時刻も店員、あるいは店主に確かめたからこそ、あの新聞記事ができている。つまり、二十年も昔のことだけれど、店主がそのときと同じなら、その点についての彼なり彼女の記憶は鮮明なはずだ。警察の聞き込みの際に記憶をいったんよみがえらせ、言葉にすることで脳細胞に定着させているからだ。

ノブに手をかけて、ゆっくりとドアを手前に引いた。想像以上に重いドアだった。もしこれが一見《いちげん》の客か、目的なしの客であれば、引くときのその重さに入店する意欲も萎えてしまいそうに思えた。もちろん俊也には目的があった。重さを無視して開けることができた。

カランとドアの内側で小さく鈴が鳴った。

奥から女性の声。

「いらっしゃい」

暖色系のやわらかな照明の店だった。ランプふうの電灯が、壁や柱にいくつも取り付けられている。そのオレンジ色っぽい光に照らされているのは、ふた昔も前の映画に出てきそうな酒場だった。焦げ茶色のウィンザー・チェアと丸テーブルが、中央の通路の左右にふた組ずつ。それとはデザインの揃《そろ》わぬテーブルと椅子もひとセット。奥は狭まっており、カウンターがある。その前に七、八脚のスツール。カウンターのうしろかさらにその奥に、厨房《ちゅうぼう》があるようだ。

客は手前入り口近くにひとりいる。ツイードのジャケットを着込んだ老人だ。テーブルの上にミネラルウォーターのペットボトルがひとつ。グラスが一個。ハンチング。椅子の脇に黒い楽器ケースのようなものが見えた。

入り口のすぐ内側に立って待っていると、中央の通路を歩いて、ウエイトレスが近づいてきた。歳《とし》は二十代前半だろうか。メガネをかけており、ジーンズ姿で、絞り染めふうの長袖のTシャツを着ている。短めの黒い髪だ。

俊也は指を一本上げて言った。

「ひとり」

「お煙草《タバコ》は?」とそのメガネの女性。

「喫《す》いません。食事はできますか?」

「軽いものなら、いろいろあります。こちらへ」

案内されたのは、カウンターを左手斜め方向に見るテーブルだった。一間半ほどの幅のカウンターのうしろは、酒瓶を並べた棚だ。カウンターの奥に、ひとり男の姿が見える。長めの髪で、白っぽいTシャツを着た中年男。いや、初老と言える歳かもしれない。その男は一瞬だけ振り返って、俊也をちらりと見てきた。皺《しわ》が多く、唇はきつく結ばれている。目は一重まぶただろうか。表情の貧しそうな造作だ。この初老の男が店主なのだろうと想像した。この規模の店で、調理人を雇っている余裕はないはずだ。

俊也は壁の品書きを素早く見て、注文を決めた。ここではまだ食事をとる必要はないと気づいたのだ。

「生ビールを」

「お待ちください」

ウエイトレスがカウンターに歩いていってから、俊也は店内をもう一度観察した。煙草の匂いがしている。

入り口脇、コートハンガーの横の壁には、お芝居のポスター。音楽堂を会場にして、地元劇団の公演があるようだ。タイトルには聞き覚えがない。オリジナル作品なのだろう。その隣りには、クラシックの演奏会の公演ポスター。これも会場は音楽堂で、知らない弦楽四重奏団が演奏する。曲目はハイドン、モーツァルト、ボロディンほか。俊也の席からは文字を読むことができなかったが、ほかにもお芝居や演奏会のチラシが何枚か貼ってある。つまりこの店は、運河町のお芝居好き音楽好きが多く集まる店のようだ。

さらに内装を見てゆくと、あとは登山関連の品々が多く飾られていることにも気づいた。かんじき、ピッケル、古い山スキーの板、チロル帽といったものだ。これは店主の趣味だろう。

かかっている音楽にも耳をすました。ごく小さな音量で流れているのは、チェロとピアノの二重奏曲のようだ。

有線放送だろうか。それともラジオ？

俊也は、店の入り口近くに、小型のオーディオ装置があることに気づいた。少し時代ものと見えるアンプとCDプレーヤーだ。ちらりとCDのライブラリーが見えたが、さほどの数があるようではなかった。スピーカーは、老人がいる席の近くの壁にひとつ取り付けられている。イギリス製のスピーカーだ。つまりここは、そこそこ音楽好きは来るが、音楽の再生にはあまり凝ってはいない店だということがわかる。

登山好き、クラシック音楽好き。そして料理を作り、酒を出すことをなりわいとしている主人。まだどんな人物かは見えてこない。

すぐに生ビールが出た。

運んできたウエイトレスに、俊也は訊いた。

「マスターはいま忙しい？」

きょうはほかに客はあの老人ひとりだけと見える。注文をこなすのにてんてこ舞いということはないはずだった。

「え、どうしてですか」とウエイトレス。

「ちょっと、昔この店で起こったことについて聞かせてもらいたくて」

「お客さんは？」

「というと？」

「警察のひととか、雑誌の記者さんとか？」

「関係者なんです」

「何のです？」

「この店で飲みすぎて、事故を起こしたひと」

ウエイトレスは不審者を見るような目となった。

「それって、飲酒運転幇助《ほうじょ》とか何かの話でしょうか」

「ちがいます、全然。昔、二十年前ですけど、この街で運河に落ちて死んだひとがいて」

さらに順序よく説明してゆこうとしたが、ウエイトレスは話題そのものを拒んだ。

「二十年前のことなんて、店に責任はないと思いますけど」

「ない。もちろんない。ただ、そのときの事情を少し詳しく知りたいだけなんです。新聞記事では、その事故死したひとは、直前、このお店でお酒を飲んだようなんです」

「このお店だと、名前が出ているんですか」

俊也は、嘘《うそ》をついた。

「そうです」

彼女の年齢を考えれば、二十年前の事故のことなど知っているはずもない。新聞記事も知らないはずだ。必要以上に彼女に正確なところを伝えることもない。

「それを訊いて、どうされるんです？」

「べつに。そのときの事情を、もう少し知りたいだけなんです」

「店長は知っているんですか？」

「店長は、二十年前も同じ方ですか？」

「そうだと思います。ちょっとお待ちください」

ウエイトレスは、顔に不審を浮かべたままカウンターのほうに歩いていった。

「店長」と呼ぶ声が聞こえた。

見ていると、奥から店長が顔を出し、何か、とでも訊《き》くようにカウンターごしにウエイトレスに顔を近づけた。

ウエイトレスが言っている言葉は聞き取れなかった。その中年、いや初老の店長は、また俊也に目を向けてきた。何か戸惑っているような顔。当然だろう。とつぜん一見の客がやってきて、二十年前にこの店で起こったことを詳しく知りたいと言い出せば、当惑するのが当たり前だ。そのことが記憶にあったにせよだ。

ウエイトレスの言葉を聞き終えると、店長はカウンターの奥のスイングドアを押して、フロアに出てきた。エプロンをはずしながらだ。ウエイトレスがカウンターの脇でそのエプロンを受け取った。

店長がカウンターの前に立ったので、俊也も立ち上がった。

「突然で恐縮です」俊也は言った。「店長さんですか」

「ええ」と、用心深い声。

「店長さんは、もしかして、岩崎という男性が事故死した直前の事情を知っているのではないかと思いまして。二十年前にも、警察が訊いていったことなんですが」

「二十年前というと、たしかにうちで飲んでいったお客さんが、そのあと事故死したということがありましたけど」

「わたしの父です」

店長の顔が少しだけ強張《こわば》ったように見えた。

俊也はもう一度言った。

「父は、運河に転落して溺死しました。その直前にこのお店に来ていたことは承知しているんですが」

カマをかけた。その点からの確認作業は不要だ。知らなければ相手はそう言う。

「岩崎裕二。彼が」店長は言い直した。「そのお客さんが、そのあと運河に落ちたっていう話は聞きました」

父のことを、店長はフルネームで覚えていた。しかも「彼」と呼んだ。店長は父とはかなりの知り合いだ。

「そのときのことを、少し聞かせてもらえないかと思いまして」

「捜査か何かですか？」

「いいえ。家族としての関心です。わたしの記憶では父はろくにお酒を飲まないひとだったんですが、どうしてここでお酒を飲んでいたのか。誰と一緒だったのか。そういうことをもし覚えてらしたら」

店長はウエイトレスを振り返って言った。

「水割りを作ってくれ」

ウエイトレスは驚いたように目をみひらいたが、すぐにうなずいた。

「はい」

店長が俊也に座るように促した。俊也が椅子にもう一度腰を下ろすと、店長も俊也の左側、斜に向かい合う格好で腰掛けた。

店長は、佐久間透《さくまとおる》、と名乗った。この店をかれこれ三十年以上やっているという。

俊也は、父の遺留品の中にあったマッチブックをバッグから取りだして、テーブルの上に置いた。

「ここのお店のものですよね」

「うちのですよ」と店長の佐久間は言った。「デザインはずっと変わっていない。いまはマッチを使うひとも減って、ただのお土産代わり」

「父の溺死体から見つかったものです。父はあの晩、こちらで相当のお酒を飲んでいたんでしょうか。ろくに飲まないひとだったのですが」

「飲んでいましたよ」

「ひとりですか?」

「どういう意味なのかな?」

「連れはいなかったのだろうか、ということなんです。誰と一緒にお酒を飲んでいたのか。父がひとり、こうした酒場でお酒を飲んでいる姿が、想像できないのです」

佐久間が俊也を黙ってみつめてくる。知らないのか、それとも答えたくないのか、判然としない表情だった。どちらであるにせよ、そういえば、と軽い調子で話し出せるような話題ではないようだ。

しかたなく俊也が続けた。

「もっと言うと、父があのときこの街にやってきた理由もわからないのです。父はこの街に来ることも、その理由についても何も母に知らせていなかったんです。ふいにいなくなって一週間、どこに行ったのかと心配しているときに、この街の警察から、溺死体で見つかったという連絡を受けたんです」

佐久間は俊也の言葉の途中で、視線をそらした。口が少しだけ、何か言いかけたように動いた。

そのときウエイトレスが水割りのグラスを持ってきた。透明なカット・グラスではなく、縁にブルーが入ったタンブラーだ。民芸品のようにも見える。

佐久間はそのタンブラーを受け取ると、ひと口ウィスキーの水割りを飲んだ。飲みながら、視線を店の中空にさまよわせたままだ。

うしろで靴音がした。俊也は振り返った。

入り口近くにいた老人が、俊也たちの席に寄ってくるところだった。老人はバイオリンを手にしている。

バイオリン弾きなのか？　と俊也は驚いた。いまにもここで演奏を始めるような雰囲気があった。

老人は俊也に言った。

「一曲どうかな」

答えを待たずに、老人はバイオリンを肩に当てて弾き始めた。

耳に馴染《なじ》みのある曲だ。テレビのＣＭで使われていたような気がする。焼きそばだったか、何かの食品のＣＭだ。

佐久間が老人を見上げて言った。

「野口《のぐち》さん、ちょっとあとにしてもらえるかな。シリアスな話題なんだ」

野口と呼ばれた老人はぴたりと曲を止めた。

「いいさ。あとで」

老人が自分のテーブルに戻ったところで、俊也は佐久間に訊いた。

「このお店専属の方なんですか？」

「いいえ。硝子町を流しているひと」

「流しのギター弾きは一度だけ見たことがありますが、バイオリンを弾くひとは珍しいですね」

「街一番の楽士です。結婚式でも弾く。葬式でも弾く。妻の葬儀でも弾いてくれました」

野口老人がうしろの席で言った。

「奥さんの好きだった曲をいくつも弾いた。シューベルトのセレナーデ、奥さん、好きだったよね」

「ええ」と、佐久間が微笑を野口に向けた。

俊也は話題をもとに戻した。

「父がこの街に来た理由もわからなかった。事故当日、ここに来ていたのなら、その理由もここでわかるのではないかと思っているんです」

佐久間が、俊也に視線を向け直して、逆に訊いてきた。

「お母さんからも聞いていない？」

「何も。詳しく知っていた様子もなかったけれど」

「お母さんも、この街の法科大学の卒業ですよ」

俊也は驚いた。佐久間がそこまで知っているとは思ってもいなかった。この男は父をよく知っていたように、母のことも知っていたのか？

「母をご存じなんですか？」

「学生時代のお母さまなら。中道響子《なかみちきょうこ》さん」

中道というのは、母の旧姓だ。もしや佐久間も、同じ法科大学の卒業なのか？

俊也の疑問を感じ取ったように、佐久間はうなずいた。

「わたしも、ここの法科大学の卒業です。岩崎裕二、中道響子とは同期だった」

やはりそうなのか。では、佐久間はあのとき父がこの街に来た理由についても知っているに違いない。それにしても、法科の大学を出て、その大学のある街で居酒屋経営。佐久間の生き方は、大都会ならばともかく、このような小都市での男の生き方としては、珍しいものではないだろうか。

俊也は言った。

「父も母も、この街の大学の卒業。それは知っています。でも、あのとき父がこの街に来た理由も、ぼくはわからないんです。一週間ここで何をしていたのか。最後の夜、このお店で誰とどんなふうに飲んだのか。誤って運河に落ちてしまうような酔い方をしたのは、なぜなのか」

佐久間が俊也の視線を真正面から受けとめて言った。

「妻の葬儀に出るためです」

「え？」

「わたしの妻の葬儀に出席するため、岩崎裕二はこの街にやってきたんです」

葬儀。葬儀に出るため。

遺留品の中には、数珠があった。葬儀に出るため、という理由にはうなずける。でも、佐久間の妻の葬儀に出るため？　父と佐久間の妻とは、どんな関係だったのだ？

それらの問いを口にしないうちに、佐久間が言った。

「妻も、法科大学の学生でした」

「そういうことでしたか」

「ミカ、と言うんです」と佐久間が言った。「美加」と書くのだという。「旧姓で言うと石《いし》黒《ぐろ》美《み》加《か》。やはりわたしの同期でしたよ」

「二十年前、亡くなられたのですか？」

「ええ。自殺しました」

一瞬、反応が遅れた。

「自殺ですか」

「鬱病でした。この街に戻ってきたことが間違いだった」

「それまでは、べつの街に？」

「ええ。札幌にいたんです。そのときは、札幌を離れることが、治療だと思ったんですが」

佐久間は大きく首を振った。「お父さんがこの街に来た理由ですね。葬式。美加が死んで、同期生の誰かがお父さんに連絡したんでしょう。お父さんは告別式にやってきて、そのまま
まこの街で少し過ごした」

「運河町ホテルに泊まっていたようですね」

「そう聞いています」

「葬式が終わっても街に居残った理由をご存じですか?」

佐久間の返事は素っ気なかった。

「いいえ」

「まったくご存じない?」

「知りません」

「では、父がこのお店に最後の夜に来たとき、どなたと一緒だったんでしょう。どんな話をしていたか、おわかりになりますか」

「おひとりでしたよ」

「ひとりで飲んでいたんですか?」

「ええ。夜九時くらいにやってきて、三時間ぐらい飲み続けていた。そうそう」

佐久間はまた野口に声をかけた。

「野口さん、二十年前、野口さんにずいぶんたくさんリクエストしていたお客のことを覚えてる?」

野口が言った。

「二十年前?」

俊也は振り返った。

野口が天井に目を向け、古い記憶を掘り起こすような表情で言った。

「あの晩、運河で死んだお客のことかな?」

「そう。あの日は、あの客があなたを独占していましたね。ずっとリクエストを出し続けていた」

「二十曲近くも弾いたかね。演奏料、一曲五百円だったのに、二万円もいただいた。長いこと通い続けて欲しかった客だったね」

「こちらのひとは、あのお客さんの息子さんだ」

野口は驚いた様子で言った。

「それはそれは」

俊也は佐久間に顔を向け直した。

「父はずっとバイオリンを聴くために、このお店で飲んでいたんですか」

「そう見えたよ。警察にも言ったことだ」

「もうひとつ伺ってもいいですか?」

「かまいませんよ」

そう言いながら、佐久間はまたタンブラーを口に運んだ。

「父は、奥さま、美加さんとどういう関係だったのでしょう。同期生ということはいま知りましたが」

「同期生さ。それ以上のことではなかった。もし、お父さんがわたしの女房と昔つきあっていたのかというような意味なら」

「大学卒業後も、父は美加さんとは親しかったのでしょうか」

「いや。無縁だったはず」

「でも、父にとって、葬儀には出席するようなひとだった」

「意外だったな。出席するとは思っていなかった」

「どうして意外だったんですか？」

「美加やわたしのことなど、まったく忘れたのだろうと思っていたから」

うしろでバイオリンが鳴った。知っているメロディだ。バッハの有名な曲の出だしではなかったろうか。

バイオリンの音色に、野口の声が重なって聞こえた。

「息子さんへのサービスだ」

一度野口を振り返り、また佐久間に視線を向けた。佐久間がうつむいている。涙を流していた。

俊也は驚いた。

この男、佐久間はなぜ泣く？　死者のこと、葬儀のことが話題になって、ふいに悲しい記憶がよみがえったか。

でも、いま死者として語られたのはふたり。ひとりは自分の父、岩崎裕二であり、もうひとりは、彼の妻、美加という女性のことだった。佐久間の悲嘆の記憶はどちらにまつわるものだ？　ふつうに考えるなら妻についてだろうが、そのひとの死に自分の父も何か関わっていたのか？

そうして、初めて会ったばかりの男の前で涙を流したのだ。その記憶はそうとうに彼を傷つけ、うちのめした種類のものなのだろう。学生時代の、ありきたりの甘酸っぱい追憶などではない。

俊也が見つめていると、佐久間は左手の甲で目のふちをぬぐって言った。

「失礼しました。妻の死は、まだ生々しいんです」

「さしつかえなければ」俊也は遠慮しつつ言った。「父がどうして奥さまのお葬式に出たのか、教えていただけませんか?」

「ですから、大学が同期でした。妻もわたしも、岩崎さんも」

「でも、父は奥さまとは親しくないとおっしゃいましたね」

「わたしともですよ。けっして親しくはなかった」

「佐久間さんは、漕艇部でした?」

佐久間は、後頭部でも殴られたかのような動揺を見せた。びくり、と頭が動いたかもしれない。

俊也は、自分の口調が尋問調だったかと反省した。

「父は漕艇部でした。もしかしてご一緒だったかと思って」

「妻は、そうでしたけどもね」

マネージャーということだろうか。艇庫の前の記念写真には、女性の姿も写っていた。もしかすると、そのひとりが佐久間の妻、美加だったのかもしれない。

「クラブが一緒なら」と俊也は言った。「お葬式に出たというのもわかります」

「意外でしたよ。葬式は、ほとんど密葬に近いものだったんです」

「でも、母校のある街でのお葬式だったわけですよね。たくさん同期生や漕艇部の仲間が来たのでは？　父もそのひとりとして」

「漕艇部の連中なんて」佐久間がすっと横に視線をそらした。「ひとりも来ませんでしたよ」

ひとりも来ない、という答えが意外だった。とすると父は、漕艇部ＯＢの唯一の出席者ということになるのか？

「じゃあ、父は大学の同期生ということでの出席だったのでしょうか。父にお葬式のことを連絡してくれたひとは誰なのでしょうね？」

「さあ」

「きっと、その密葬に近いお葬式に参加された誰かですよね」

「知りません。地元の新聞には、葬儀の告知は載りましたから、それを見た誰かが連絡だけしたのかもしれない」

「つまり父は、奥さまのお葬式のことを連絡したほうがよい程度の知り合いだった。それを、誰かお友だちも知っていたということですね？」

「ま、岩崎には」佐久間は言い直した。「女房の葬式に来てもいいだけの理由はあった」

「どういうことだったんでしょう。さしつかえなければ」

「女房の鬱病の、遠因になっているかもしれない」

ということは、父は夫人の自殺に直接関係しているということではないのか？

俊也は、これ以上の質問は控えるべきかと迷った。まだ気持ちに準備のない恐ろしい答えが返ってくるかもしれない。父と美加夫人とのあいだには、男女関係はなかったという意味のことを佐久間は言った。だとすると、あとどんなことが考えられる？　大学の異性の同期生が、卒業後かなり長い時期まで尾を引く鬱病の遠因となるような関係。捨てた捨てないというような関係以外で。

佐久間が、俊也の胸のうちを見透かしたように言った。

「お父さんのこと、べつに無理して調べなくてもいいんじゃないかい。家族にも話したことのない事情があった。言わないほうが、家族のためにはよかったんだ」

「父は、この街にやってきて死んだんです。ぼくが十二歳のときに。このままではどうにも納得できません」

「あんたには、秘密はない？　お母さんにも内緒にしていることはないの？　それを言わないほうが、やっぱりいいでしょう？」

「母も、じつは先日亡くなったんです。四十九日が終わったところです」

佐久間の目が見開かれた。

「中道響子さんも亡くなったのか。ご病気？」

「ええ。心筋梗塞でした」

「おれと同い歳なのに、早すぎるね」

「父の不可解な死が遠因だったのかもしれません。死んで以来、ふさぎこみがちになりましたから」

「療養していたの？」

「いいえ、突然です。朝、出勤途中に倒れて救急車で運ばれて」

「お気の毒に」

「母は、父が奥さまのお葬式にやってきた理由を知っていたのでしょうか？」

「さあ、ご両親のあいだのことを、おれは知らない。いや、でも知っていたのかな。同期生だったんだから」

「ということは、父が奥さまのお葬式に出た理由は、大学時代にある、ということなんですね？」

佐久間が俊也の肩ごしに目をやった。ちょうどバイオリン曲が終わったところだ。

「野口さん」と佐久間が呼びかけた。「もう一曲頼む」

すぐに野口がべつのバイオリン曲を弾きだした。ロシア民謡のようだ。

「もうひとつだけ」と佐久間に言いかけると、彼は手で俊也を制した。

「音楽を頼んだんです。黙って聴くのが礼儀でしょう」

俊也は黙り込んだ。佐久間は、これ以上詮索してくるなと言っているのだろう。話は終わったと。

野口の弾くバイオリン曲が流れているあいだ、佐久間は椅子の背もたれに背中を預け、ずっと野口を見つめていた。バイオリンに聴き入っているように見えたが、考え込んでいるのかもしれない。

曲が終わりかけたところで、店のドアが開いた。佐久間とウエイトレスが同時に言った。

「いらっしゃいませ」

入ってきたのは、中年の男ふたりだった。ジャケットを着たふたり組だ。馴染み客と見える。

佐久間が椅子から立ち、テーブルの上の伝票を取って俊也に言った。

「ビールはサービスです。お役に立てずにすいません」

帰れということだ。ビールはサービスとまで言われたら、そのまま居続けることはできない。

しかたがない。俊也はここまでの成果を確認してみた。父は佐久間という男の夫人の葬式に出るためにこの街にやってきて、そのまま一週間滞在した果てに運河に落ちて死んだ。夫人の葬式に出た理由は、父の大学時代にある。父と、佐久間と、その死んだ夫人は同期生だったのだ。次に俊也が調べることは、父の大学時代に何があったかということだ。

漕艇部、というのがたぶんキーワードである。佐久間の夫人、当時石黒美加といった女子大生も漕艇部員だったというのだから。

佐久間が事情を語らないのなら、周辺に訊いてまわるしかない。いましがたこの店に来るとき、途中まで道案内してくれたあの初老の男はどうだろう。高瀬、といった。彼も法科大学の卒業生とのことだった。父の苗字《みようじ》を聞いて、何か思い出したことがあるようだった。あの男の居場所は、図書館のあの司書に聞けばよいだろう。親しいようだった。この時刻、公共図書館はまだ開いているだろうか。

俊也は立ち上がった。

第五章　バイオリン弾き

市立図書館の前まで戻ってみると、周囲の石造りの建物群はライトアップされていた。路面電車が東から南へと折れてくるところだった。明るい車内に、十人ばかりの乗客の姿が見えた。

道を渡り、市立図書館に戻って、さきほど会った司書の前へと進んだ。

司書の川中は、俊也に気づくと微笑を向けてきた。

「高瀬さんのお話、面白かったですか？」

俊也はうなずいた。

「街の歴史にお詳しいお方でしたね。途中で別れたんですが、もっとお話を聞いてみたいんです。連絡先などわかりますか？」

「携帯の番号なら」

「お近くにお住みなんですか」

「以前は新市街に住んでいた。十年くらい前に、運河町の中に越してきたんです。近所ですよ」

「どんなお仕事をされていたんです?」

「市役所に勤めていたんです。わたしの上司だったときもあります。聞きたいというのは、街の古い話のことですか?」

「ええ。古いと言っても、四十年ぐらい前のことですが」

「きっとそのころは、高瀬さんは学生でしたね」

「電話すれば、会ってもらえますかね」

「ご自宅に呼んでくれるでしょう。大橋の近くです」

しかし別れ際の高瀬の顔が気になった。彼は俊也の苗字が岩崎だと知ると、ふいに堅苦しい顔となったのだ。小さなバリアがそこにできたと感じられたほどにだ。俊也と会話したことを後悔したのかもしれない。それは逆に言うならば、彼は俊也には語りたくもない事実を知っている、ということかもしれなかった。電話して話を聞かせてくれと頼めば、断られるかもしれない。

「高瀬さんは、おひとり暮らしですか?」

「いいえ。奥さんとふたり。どうしてです?」

「さっき、市場で買い物をしてゆくと言っていましたから」

「お料理がお上手なんですよ。奥さんと交代で、というか、よく一緒に料理されているようです。お客さんを招いて食べるのが好きなひとで」

ひと嫌いではないのだ。俊也は安堵《あんど》した。

俊也は川中に高瀬の携帯の番号を教えてくれと頼んだ。川中は、教えるのではなく自分がまず電話してみるという。たしかに、そのほうがいい。

川中が、自分の携帯電話を取り出した。

「あ、川中です。さっきはありがとうございました。お食事中？」

「いえ、ほら、高瀬さんにも紹介した岩崎さんって方がまたいらしているんです。この街のことをもっと聞かせてくれないかって。……どんなことと言うと？」

川中が俊也に目を向けた。

俊也は早口で言った。

「父がいたころの大学のことなど」

川中が繰り返した。

「お父さんがいらしたころの大学のことなど、うかがいたいそうです」

少しの間があってから、川中はうなずいた。

「はい。そう伝えます」

通話を切ると、川中は言った。

「すぐに来てくれって。七時にはお客が来るので、それまでならってことです」

俊也は腕時計を見た。午後の六時三十分になるところだった。高瀬の自宅までどのぐらいの距離かは知らないが、話を聞けるのはせいぜい十五分ということか。

川中が手近のメモ用紙に簡単に地図を書いてくれた。

「大橋の一本手前に、市場通りっていう道があります。停車場通りから左手。市場自体は停車場通りの右側にあるんですけどね。左に折れると、石造りの倉庫とか商店が並んでいます。角から四軒目か五軒目だったかな、小さな倉庫を改装した、高瀬さんの家があるんです」

俊也は驚いた。

「石造りの倉庫に住んでいるんですか」

「奥さんがピアノを教えてらしてね。以前は新市街のほうの自宅でレッスンしていたんだけど、倉庫のほうが音響効果がいいんだとかで、お子さんも独立されたところで引っ越しされたんです」

「表札は出ていますね」

「もちろん。小さく高瀬優子《ゆうこ》ピアノ教室、という看板もかかっています」

「どうもお手数かけました」

また道を渡り、すれちがってゆく路面電車を左手に見ながら、俊也は三ブロック歩いた。

やがて右手に、市場の建物が見えてきた。鉄骨作りで、ガラス屋根がかかっているのだろうか。黄色っぽい明かりが夜空を照らしている。運河町市場、と建物の前面に表示があった。地図によれば、この建物を右に見たところで左折だった。

市場通りは、さほど広くはない二車線の街路だった。北側には商店や小ぶりの倉庫が並んでいるが、南側にはかなり大きな倉庫が建ち並んでいる。おそらくその倉庫群のさらに南側はもう南運河なのだろう。

高瀬の家はすぐに見つかった。

間口四間ほどの、石造りの倉庫だ。二階建ての高さで、窓はみな小さく、鉄の鎧戸《よろいど》がついている。硝子町酒房の外観によく似ていた。玄関の木製の扉には、鉄板がエックスの字のように貼られていた。

ドアの横にインターフォンがあったので、ボタンを押した。

待っていたかのように声が返った。

「どうぞ」高瀬の声だ。

俊也は鉄製のドアノブを押し下げて、その重い木製のドアを手前に引いた。

すぐ中はひと坪ほどの玄関となっていた。明るい内装だ。左手に靴箱があり、右手に姿見。正面に、ガラスをはめた軽そうなドアがある。

そのドアが開いて、高瀬が姿を見せた。

彼はあいさつもせずに訊《き》いた。

「佐久間くんのところで、何か聞いたのか？」

「いえ」俊也は首を振った。「何も。ただ、父と佐久間さんと、佐久間さんの亡くなった奥さんが同期生だったことを教えていただきました」

「入りなさい」と高瀬はドアをいっぱいに開いた。

数歩入って驚いた。

俊也は靴を脱ぎ、揃えて置いてあったスリッパに履き替えて家の中に入った。

数歩入って驚いた。そこは広さ三間四方ほどの吹き抜けの空間となっており、隅にグランドピアノが置いてあったのだ。片側の棚には真空管アンプとクラシカルな大型のスピーカーが収まっている。棚のＬＰレコードは、かなりの数と見えた。ピアノの手前には小ぶりの応接椅子とテーブル。

見上げると、この吹き抜け空間を見下ろすように大きなガラス窓がある。その向こうは居室なのだろう。吹き抜けの空間の奥には、台所と居間があるようだ。石の壁と小屋組みを生かして、あとはひとが快適に住めるよう改装したのだ。

「いらっしゃいませ」という女性の声が、奥から聞こえた。夫人なのだろう。

高瀬が吹き抜けの部屋の椅子のひとつに腰掛けると、俊也にもかけるように手で勧めた。

俊也は室内を興味深く見渡しながら、腰を下ろした。

高瀬は、俊也の視線の方向を追いながら言った。

「長いことこの街に住んでいるうちに、こういう空間が好きになった。さいわい空いている倉庫はいくらでもある。前は運河町の外で一軒家に住んでいたけど、娘がふたり嫁いだあと、女房を口説いてここに移り住んだんだ。ピアノ教室にはうってつけだぞと説得してね」

少し自慢げにも聞こえた。

「ご夫婦で音楽がお好きなんですか？」

「ああ。わたしは大学オーケストラではクラリネットを吹いていたんだ。それより」高瀬は椅子の上で足を組み直した。「聞きたいことを具体的に言ってみてくれ」

俊也は、感情が混じらぬように言った。

「父は、二十年前この街にやってきて死にました。運河に落ちて、溺死だったそうです」

高瀬は俊也から視線をそらして言った。

「岩崎裕二の、その事故のことは覚えている。彼がこの街に来ていたのかと驚いた」

「佐久間さんの奥さまのお葬式に参列するためだったそうです。そのまま一週間居続けて、事故死だった。わたしが十二歳のときです。父は、母にもどこに行くとは告げずにこの街にやってきて、そのまま連絡もしていませんでした。この街の警察から連絡があって、ようやく母は父がこの街に来ていたことを知ったんです。わたしはそのあいだ、父には捨てられたのではないかと不安にさいなまれていました」

「あんたの家の事情を話されても、わたしにはどうにも答えようがない」

「わたしは、父がなぜ妻子を捨てるようにこの街にやってきて、ある夜飲めない酒を飲みすぎて溺死したか、その理由を知りたいんです」

「あんたのお母さんだけど、たしか岩崎裕二は中道響子と結婚していたな」

「旧姓中道です。ふた月前に、亡くなりました」

「中道くんも、亡くなったのか」

「はい。母をご存じでしたか？」

「大学が一緒だ。覚えている。当時は、女子学生の数も少なかったし」

「高瀬さんは、学年は父たちと一緒ですか？」

「いいや。二年上になる。わたしは昭和四十五年の卒業だ」

「では、二年間は重なっていたんですね」

「あんたのご両親と、とくべつ親しいわけじゃなかったが」

「父が佐久間さんの奥さんの葬式に列席した事情など、ご存じじゃないでしょうか。とうぜん佐久間さんは知っているかと思うんですが、話したくないという様子がありありでした」

「知ってどうなる？」

「どうって？」その質問に、俊也は戸惑った。「答えがわかれば、わたしのわだかまりにひと区切りつきます」

「そうかな。そのとき岩崎裕二が抱えていた悩みを知ったからといって、息子のきみの人生がどうなるものでもない。父親もひとの子だった。それを知るだけだ」

　父親もひとの子。

　その言い方が気になった。それはつまり、父もまた俗な男性という一面を持っていたということを言っているのか。つまり、妻のほかに女がいたとか、かつて女遊びをして泣かせた女がいるとか。もっと言えば、隠し子がどこかにいるとか。父親もひとの子、という意味はつまりそういうことだろう。

高瀬が言った。

「何かべつのことを想像したかな」

「ひとの子、という意味を考えました」

「男の子にとっては、物心つくまで、父親ってのは最高の男だろう？ 強くて、頼もしくて、人格者だと見える。父親こそがこの世でいちばん立派な男だと。ところが大人になれば、父親もただの並の男に過ぎないとわかるのさ。弱いし、嘘もつく、雑誌のヌードグラビアも見る。けっこう破廉恥な男であったこともわかる。だからそんなこと、いまさら具体的に知ったところでどうなる？」

「わたしは父が、並の男であったところを知りたいんです。父がかつて誰かを騙したり、裏切ったり、泣かせたりしたというなら、それはどういうものだったのか。妻子を捨てるようにして、青春を過ごした街にやってくるほどのことだったのか」

「結婚しているかね？」

「いえ」

そのとき、奥からまた声があった。

「いらっしゃい」

振り向くと、細身の中年の女性が、トレイを両手で持ってその吹き抜け空間に入ってきた。夫人なのだろう。髪が長く、黒っぽいスカートに、やはり黒っぽいスウェーター姿だ。いかにもピアノを教えている女性という雰囲気がある。

「岩崎くんだ」と、高瀬が俊也を紹介した。「お父さんが、大学生活をここで送った」

夫人は、岩崎という名前にも大学という言葉にも反応しなかった。卒業生ではないようだ。

「ご旅行なんですか？」と夫人は言った。「どうぞ召し上がれ」

日本茶が出された。俊也は礼を言って頭を下げた。

夫人が奥に下がったところで、高瀬がまた訊いた。

「結婚の予定は？」

「まだですが、どうしてです？」

「妻となる女性に、きみは自分の人生のすべてを打ち明けるのだろうかと思ったのさ。かつての恋人のこと、恋人と過ごした時間のこと。その恋人と別れた理由。すべてを」

「必要ならば」

「そうじゃないなら、あえて打ち明けたりはしないだろう？　たとえとくに人聞きの悪いことなどなかったとしてもだ。ひとは少しずつ、当事者のあいだでだけ知っていればよいことを持っている。逆の立場できみが恋人に、むかしのことをいろいろ聞き出そうとしたら、恋人は怒ってしまうのじゃないかな」

「息子のぼくも、父にとって当事者のひとりのはずです。父が、秘密の匂いなど何ひとつ感じさせずに静かに老衰していったのならともかく、父の死の場合は、失踪の果ての溺死でしたから」

「だから、それはよっぽどの事情だったと考えるんだな。お父さんが知らせる必要もないことだと考えていたのに、どうしても暴きたいのか」

「暴く、という言葉が適切なのかどうかはわかりません。べつに公表したいわけじゃない。母も亡くなっています。何を知ろうと、それは自分の胸のうちに留《とど》まることです」

「あんたの職業は、何だったか？　新聞記者じゃないね」

「私立高校の教師です。国語を教えています」

「あくまでも個人的な関心？」

「ええ」

高瀬の口のあたりが、もぐもぐと動いた。何か言いかけて、ためらったように見えた。

「何があったんです？」

高瀬は書棚のほうに目をやりながら言った。

「わたしも、二十年前にお父さんがここにやってきた理由など、知るよしもない。そのときも会っていない。聞いてもいないからね。ただ、お父さんが石黒美加の葬式に出るためにこの街に来たというなら、想像がつくことはある」

「きっと、父の大学時代にさかのぼる何かですね」

「ああ。たぶんね」

「漕艇部は、関係していますか？　父は二年生まで漕艇部員だったようです」

「たぶん」

「六九年。ということは昭和四十四年ですよね。そのときに漕艇部は全日本の大会の、何かの部門で優勝しているそうですが、この時期のことでしょうか」

「たぶん」

「そこまでご存じなら、六九年に何があったか、教えていただけませんか？」

そのときチャイムが鳴った。夫人が奥から出てきてその吹き抜けの部屋を通り、玄関口へ出ていった。

高瀬が腰を上げた。

「家内のレッスンが始まるんだ。悪いがこれで帰ってくれるか」

玄関口で、少女の声がする。それに応えている夫人の声。たしかにそういう事情であれば、自分がいては邪魔だろう。もっと聞きたかったのだが、ここはいったん引き下がるしかない。

俊也は立ち上がってから高瀬に訊いた。

「高瀬さんには、話しにくいことだというのはわかりました。もしほかに話してくれそうなひとをご存じでしたら、教えていただけないでしょうか」

高瀬の言葉は素っ気なかった。

「知らないな」

「当時の同期生か、漕艇部のひとは、この街にはいませんか？」

「さあ。法大卒はかなりいるが、同期というと、佐久間夫妻ぐらいしかわたしは知らない」

「大学で訊けば、わかることでしょうか？」

「絶対に無理だ」

絶対に無理。俊也はその言葉を胸のうちで繰り返した。それはつまり、大学が隠している何かである、ということを意味しているか？　大学にとっての秘密であると。

高瀬への質問でここまでわかればよしとすべきかもしれない。俊也は高瀬に頭を下げてその住宅を辞した。


市場通りに出て、俊也は途方に暮れた。当時の大学にまつわる隠された事情を、どうやって調べたらよいだろう。大学の図書館に戻るか？　いや、大学が隠しているような事実が、大学の図書館に記録として残っているはずもない。少なくとも、外部の者の目に簡単に入るようなかたちでは。

きょうの午後、大学の図書館で紀要や年鑑を見たとき、不思議に思えたことがいくつかあった。父は漕艇部に二年生のときまで在籍していたが、三年次には部員名簿から名がなくなっていること。四人乗り舵《かじ》なしフォアの全日本選手権で優勝しているときのチームだから、父の退部はやや不自然という気がする。そんな栄光をつかんだ部から、部員が簡単に辞めるだろうか。翌年の部員数の減少も奇妙だった。ふつうはむしろ増えるだろう。監督や顧問も交代している。

佐久間の妻、石黒美加も漕艇部員だったという。その事実を知ったのは、硝子町酒房を訪ねたとき、つまり大学図書館訪問のあとだ。石黒美加はたぶん女子マネージャーだったのだろうが、彼女の名を名簿で確認してはいなかった。これを確認すべきか？　もっとも、それが確認できたところで、何か新事実がわかってくるとも思えないが。

硝子町酒房そのものについて、というかあの佐久間とその妻であった石黒美加について、誰かから情報をもらうことはできないだろうか。ふたりは学生時代どのような関係、つきあいだったのか。その結婚の事情はどんなものか。佐久間は札幌から妻を離した、という意味のことを言っていた。離したという意味は何なのか。札幌で石黒美加には何があったのか？　鬱病になるほどの。

近所の同業者に訊いてみる、というのがよいか。いや、硝子町の適当な酒場に入ってそんな話題を持ち出せば、警戒されるのが落ちだ。俊也はよそ者であり、質問を慎重に口にしても、不審に思われるだけだ。

あのバイオリン弾きの老人のことを思い出した。彼は佐久間の友人ではないかもしれないが、佐久間とその妻のことについては、そこそこ耳にしているのではないか。

彼は、流しだということだった。となれば、硝子町酒房に居座りっぱなしということはない。あのあたりの酒場を次々と回るだろう。

あの通りで待ってみようと、俊也は決めた。

俊也は市場通りを東に歩いた。その先に音楽堂通りがあるはずである。音楽堂通りまで出れば、硝子町酒房に戻るのは簡単だ。迷うことはない。

音楽堂通りからその小路に入ると、俊也はゆっくりと硝子町酒房の前へと進んだ。店の前まで来ると、小さな窓から少し離れて立ち止まり、中を窺《うかが》った。ちょうど野口が、立ってバイオリンを弾いているのが見えた。ふつう流しのバイオリン弾きに対して、客は何曲ぐらいリクエストするものだろう。三曲だろうか。五曲か。父のような、二十曲もリクエストする客は例外的だろう。

俊也は小路の反対側の店の壁に寄り、そこで野口を待つことにした。野口へのリクエストがそれで最後であることを期待して。

十分ほど待っていると、硝子町酒房のドアが開いた。出てきたのは野口老人だ。

「またね」と、野口は背後に言った。

ドアを閉じて小路に歩み出した野口に、俊也は近づいた。野口が足を止めた。

「さきほどこの店でお目にかかりました」と、俊也は言った。「少し聞かせていただきたくて」

野口は頰《ほお》をゆるめた。

「小品だけな。さっきのバッハはサービスだ」

「バイオリンのほかに、昔話もぜひ」

「昔話？　どんな？」

「佐久間さんと奥さんの結婚の事情。奥さんが亡くなった事情」

野口は困惑ぎみの顔となって、いま出てきたドアを振り返った。

俊也は野口に訊いた。

「差し障りでも？」

野口は俊也に顔を向け直してきた。

「どのくらい知っているんだ？」

「ほとんど知りません。ただ、ぼくの父と佐久間さんご夫婦は、大学時代同期生だったそうです」

「言っておくが、わたしはここの法科大学の卒業じゃない。東京の音大中退だ」

音大中退。ということは、野口は、クラシックの演奏家としての教育を受けたということだ。

「学生時代の佐久間ご夫妻をご存じでした？」

「いいや。佐久間があの店を始めてからの知り合いだ」

「この街にはきっと長いんですよね」

「ここに沈没したのはずいぶん前だ。かれこれ三十年ぐらい前になるかな。いや、もっと前か」

「沈没した？」

「ああ、わたしがメンバーの弦楽四重奏団のコンサートがあった。そのときやってきて、ひとりの女と出会ったのさ。翌日は旭川に移る予定だったけど、わたしは仲間と出発する時間に間に合わなかった。旭川のコンサートはすっぽかすことになって、そのまま居ついてしまった。ま、よくある話さ」

脚色があるな、と俊也は思った。戦前の、それもジャズメンの話ならともかく、戦後のクラシックの演奏家ができることではあるまい。省略があるのかもしれないが、それまでの住居の整理は？　住民登録は？　新しい働き口は？　沈没したと要約できるような人生は、ある種の男性にとっては夢かもしれない。でも、現実には難しい。どこかに思いつきで暮らすためにも、なんとも散文的な、ロマンの入る余地のない手続きが必要なのだ。少なくとも、熱がいったん引いて現実に戻ったときは、それらの些事《さじ》を片づけねばならない。些事の処理の前に、熱が完全に冷めてしまうこともある。

その想いが俊也の顔に出たようだ。野口が言った。

「信じなくてもかまわないが」

「信じないなんて言っていません。ただ、たしかに自分には、そんなに燃え上がった経験はないなと思って」

「結婚は？」

「していませんが」

「恋人は？」

「いますよ」

「だけど、情熱的になったことはない？　勤めも休むほどに恋人とべったり過ごした時間はないのかね？」

「一応教師なので、学校を休むわけにはいきませんから」

「教師か。そういう仕事に就くような男だと、恋をして馬鹿になったこともないか」

「偏見ですよ」

「マスターは奥さんにべた惚《ぼ》れだった。奥さんを救うために必死だった。ずっと奥さんが死ぬまで」

「救うため？」

「奥さんは病気だった。知っているな？」

「重い鬱《うつ》病と聞きましたが」

「それだけじゃないが、いろいろ心を病んでいた」

その路地に、ふたりの酔漢が現れた。年齢はふたりとも六十ぐらいだろうか。現場仕事の自営業者という雰囲気だ。

作業着ふうのジャケットを着た男が、野口に気づいて言った。

「のぐっちゃん、水車小屋のほうに来るかい？」

水車小屋、というのは酒場の名前だろうか。

のぐっちゃん、と呼ばれた野口は答えた。

「三十分ぐらいで行きますよ」

「頼むよ。また、西田佐知子、歌いたいんだ」

「社長のあれは最高ですね」

ふたりが通りすぎてゆくと、野口は真顔になって言った。

「わたしが耳にしているのは、全部また聞きだ。このあたりの噂《うわさ》好きの連中が知っている程度のことしか知らない」

「ぜひそれだけでも」

「それがほんとうかどうかも知らない」

「語られていることだけで十分です」

野口はあたりを見渡してから言った。

「うるさくないところがいいな。ひとの耳もないところのほうが」

「適当な場所がありますか？」

野口は硝子町のその通りから脇道へと入った。適当な酒場があるのだろう。俊也もあとに続いた。

野口が立ち止まったのは、石造りの建物の前だった。硝子町撞球場《どうきゆうじよう》、と小さく看板がかかっている。二本のキューと球を組み合わせたマーク。硝子町酒房のマッチのデザインとどことなく似ている。両方ともこの街のデザイナーが手がけたものなのかもしれない。

二段の石のステップを上がり、野口が重そうな木のドアを開けた。風除室があって、俊也も野口を追うように中に入った。内側のドアを開けると、そこは天井の高い空間だった。倉庫のときの造りにほとんど手を加えていないようだ。ビリヤード台が全部で八台ある。ビリヤード台の真上には、それぞれ二個ずつの白熱灯が吊《つ》り下がっていた。客は少ない。三台のビリヤード台が使われているだけだ。

顔を右手にめぐらすと、そこがバー・カウンターだった。若い男が中で洗い物をしている。学生アルバイトなのかもしれない。

そのカウンターのスツールからひとりの初老の男が立ち上がって近づいてきた。髪をていねいに七三に分けた、商店主ふうに見える男だった。

「おれに用事かな」と、その商店主ふうの男は野口に言った。「五十万なら、預かるよ」

「ちがうんだ」と野口は首を振った。「おかげさまで、このところ仕事は順調なんだ。バイオリンを質入れしなくてもいい」

「なあんだ」

「流れたら転売ってことを考えてるんだろうな」

「いいバイオリンだってわかってるからな」

「もう店は閉めてたのかい？」

「いや、ちょっとだけかみさんと代わってたのさ。もう帰る」

どうやら質屋の主人らしいとわかった。彼は俊也にも黙礼すると、店を出ていった。

ちらりと野口のバイオリン・ケースに目をやった。

野口がうなずいた。

「プロとして、そこそこのものを持っているんだ」

「五十万で預かると言ってたように聞こえましたが」

「売れば三百万にはなるからね」

誤解したかもしれないと俊也は思った。野口はほんとうにかなりの腕のクラシック・バイオリン奏者なのかもしれない。流しの歌謡曲弾きなら、楽器にそこまでの投資はしないだろう。となると、弦楽四重奏団のコンサートの夜、素敵な女と過ごしたというのもほんとうのことなのだろうか。

球同士のぶつかる音が聞こえてきた。野口はその広い店内を横切って、奥の丸テーブルに着いた。なるほど、ここならカウンターからもビリヤードをする客たちからも適度の距離がある。ひとの耳は気にする必要がない。俊也も野口に斜向かいになるかたちで椅子に腰をおろした。

すぐに若い男が注文を取りにきた。

「ビールを」と、面倒のないものを俊也は頼んだ。若い男は野口には注文を訊かなかった。商売で来ているという判断なのかもしれない。

「たまには」と野口が言った。「酒を入れてもいいかな。あんたにごちそうしてもらうことになるが」

若い男が俊也に目を向けてきた。俊也はうなずいた。

野口が言った。

「白ワインをくれないか」

若い男はみじかく「はい」と言ってカウンターのほうに去っていった。

それぞれの酒が出てきて、ふたりがひと口ずつ口をつけたところで、野口が言った。

「佐久間さんは、学生時代、あの店でアルバイトをしていたんだ。卒業して、札幌で就職したとか。戻ってきたのが、卒業からしばらくたってからのことだ」

「もともとのご出身は、こちらなんですか？」

「いや、函館だったか江差《えさし》だったか。あっちのほうだと思った」

「奥さんは？」

「近所だ」と野口は言った。自分のうしろに窓でもあるかのように、背後を指さしながら。

「当別《とうべつ》じゃなかったかな。こっちのひとだと言っても、あながち間違いじゃない」

「佐久間さんが戻ってきたのは、あそこで働くためですか？」

「あそこの最初の主人が倒れた。それで誰か後継者を探していたんだ。その話を聞いた佐久間さんが、名乗りを上げた。あの店を、ずいぶん安く譲ってもらったと聞いた」

「佐久間さん、それまでのお仕事もあったでしょうに、思い切った決断でしたね」

「道庁関連の団体勤めだと聞いた」

「勤め人が性に合わなかったのでしょうか」

「美加さんのためだよ。美加さんは札幌でそれまでひとり暮らし、少し神経を病んでいたんだ。佐久間さんが結婚して、転地療養として奥さんの故郷に近いこの街に移り住んだ。そして長い時間美加さんをひとりにせずにすむようにということで、あの店をやることにしたんだ。二階が自宅だしね」

「それは、佐久間さんから聞いたお話ですか？」

「ああ。とは言っても、こんなふうにまとめて聞いたわけじゃない。少しずつ頭に入った事情だ」

「佐久間さんたちは、学生時代はつきあっていなかったんでしょうか。いったん別れてから、あらためてつきあうようになって結婚したのかな」

「詳しく聞いてはいないけど、学生時代は恋人同士というわけでもなかったんだろうな」

「結婚は、卒業してどのくらいたってからのことなんでしょう」

「佐久間さんがあの店を受け継いだのは、昭和五十三年だと聞いた」

「ということは、大学を出て、七、八年でですかね。三十三年ですかね。三十歳ぐらいで結婚したんですね」

「結婚自体は、この街に戻ってくるもう少し前なんじゃないか。同時とは聞いていない」

「野口さんは、美加さんをよく知っていたんですか？」

「こういう仕事だからね。美加さんも、体調がいいときは店に出ていた。ふさぎこむようになると、店にも顔を出さなくなったが」

「鬱病ということでしたが、通院とか、治療とかは？」

「していた。江別の病院に通っていた」

「美加さんは、その前にも自殺未遂などしていたんでしょうか」

「知らない」

「佐久間さんは、なによりそれを心配していたんですよね？」

「自分の配偶者のことだ。当然だろう」

「自殺の方法はどんなものだったんです？」

「危ない質問になってきたな」

「父は、美加さんの葬式の一週間後に死んでいるんです。身内としても、そのあたりのことは気になります」

「身投げだったと聞いた。船着場の桟橋から、川に飛び込んだとか」

その様子を想像した。父は運河で溺死体で見つかった。少し重なるところがある。

野口が続けた。

「佐久間さんから聞いた話じゃないが、飛び込んだとき、目撃していたひとたちがいた。すぐにボートを出して救出しようとしたが、引き揚げたときはもう死んでいたとか。仰向《あおむ》けの格好で、流れに浮いていたそうだよ」

「事件性はないのですね？」

「そうは聞いていない。佐久間さんも、そんな見方を口にしたことはないな。美加さんがそんなふうに人生を締めくくることを、ある程度予期していたのかもしれない」

「美加さんって、どういうひとだったんです？」

「性格のことかい？」

「ええ」

「当たり前だけど、そんなに明るいひとじゃなかった。店に出ているときだって、あまり笑顔を見せたりしなかった。接客用の作り笑いも、下手だったな。無理していることが一目でわかった」

「佐久間さんとは、夫婦仲はよかったんですよね？」

「ああ。さっきも言ったろう。佐久間さんは美加さんをとても大事にしていた。いつも気をつかって、優しかった」

「美加さんのほうは？」

野口の言葉が、返らなかった。俊也は首をかしげた。

「そうでもなかった？」

「だから」野口はいったん視線を店の奥にやってから言った。「美加さんは心を病んでいた。佐久間さんに対しても、どことなく心を閉ざしているような雰囲気はあったよ。何の屈託もなく佐久間さんと暮らしていたようではなかった」

「結婚した当時からずっと？」

「夫婦のあいだのことは、端からはよく見えない。わからない」

「佐久間さんが、その病の原因ってことはないですよね？」

「ちがうさ。美加さんは、嫌いな男と結婚したわけじゃない。愛情表現が下手というだけだったのかもしれない」

野口が白ワインに口をつけた。

俊也も、自分のビールのジョッキを持ち上げた。自分の質問は、第三者である野口も不愉快にさせたろうか。質問が少々直截《ちょくせつ》的すぎたかもしれない。言葉づかいにはもう少し慎重になったほうがよいか。

俊也は言葉をまとめてからまた訊いた。

「美加さんは、卒業してから結婚するまでのあいだ、札幌にいたんですよね」

「いや、大学は卒業していないんじゃないかな。中退して、札幌に移ったんだ、たしか」

「中退していたんですか。理由は何だったんでしょう？」

「さあて」

「札幌では、どんな仕事をされていたんでしょうね？」

野口の目の光が鋭くなった。俊也は野口の目に、非難の色を見たように感じた。

「ほんとうに何も知らずに訊いているのかい？」

「ええ」と、戸惑いながら俊也は答えた。

「世の中には、無責任な噂を流す者もいる。わたしが知っているのは、その噂のひとつだけだ」

「もし、差し支えなければ」

野口は首を振った。

「いや、やっぱりやめておこう。亡くなったひとについての噂を口にするのは」

「よくない噂なんですね？」

「もう訊かないでくれ。話していいと思っただけでも、間違いだったな。佐久間さん本人が言わないことなら、他人にも訊かないほうがいい」

「もうひとつだけ」と、俊也は野口に請うた。「美加さんが心を病んだ理由は、大学時代に原因があるものでしょうか？」

「知らない。大学時代の美加さんを、わたしは知らないよ。この街に来たのは三十年ほど前だ。硝子町酒房はもう佐久間さんが経営していた」

「美加さんは、大学時代のことをよく話すほうでした？　漕艇部のこととか」

「漕艇部？　あのひとはボートをやっていたのか？」

「知りませんでした？」

「聞いたことはなかった」

「この街で、その時代の大学のこと、大学漕艇部のことを知ってるひとなんて、いますかね？　誰か詳しいひとは？」

「大学にいるんじゃないのか」

「いえ、当時の漕艇部員だったひとで」

「知らない」

そのとき、カウンターの内側で青年がこちらに身体《からだ》を向けた。彼は携帯電話を耳から離したところだった。

「野口さん」と彼は呼んだ。「樽酒屋《たるざけや》で、野口さんに来てほしい客がいるって」

「おっと」と野口は頬をゆるめた。「今夜は人気者だな」

野口が立ち上がって、手洗いに行く、とつぶやいた。

野口が背後の洗面所のドアの向こうに消えたところで、俊也も立ち上がってカウンターに近づいた。

「水車小屋って言うのは酒場でしょうかね」

青年に訊くと、彼は答えた。

「ええ。すぐそこの硝子町通り沿いにありますよ」

「お勘定を」

ワインとビールの代金を支払ったところで、野口が洗面所から出てきた。

俊也は野口に話を聞かせてもらった礼を言った。

「何もしゃべっていない」と野口は言った。「佐久間さんに、余計なことを言うなよ。わたしは何もしゃべっていないからね」

「わかってます。いくらお礼したらいいですか?」

「いらない。聞かせるものはなかったんだ」

俊也は野口に続いてそのビリヤード場を出た。

街灯のついた通りを歩いて行く野口の背中を見ながら、俊也はいまの野口の話を整理してみた。

佐久間夫人の美加という女性は、この街の法科大学を中退して、札幌で働いていたこと。佐久間も札幌で北海道庁関連の職場に就職して働いていたが、結婚後この街に戻って、かつて自分がアルバイトをしていた酒場の経営を引き継いだこと。夫人は鬱病で、川に身投げして死んだということ。

これだけの情報でも、佐久間夫妻の人生の揺れ幅はそこそこのものだ。そしてどうやら、やはり父との接点は大学であり、それも漕艇部であるらしいということがわかった。大学で、それも漕艇部をめぐって、何かあったのだ。父の死につながるようなことが。

また、野口が言葉を濁したことも気になる。美加は札幌でどんな仕事をしていたのか訊くと、野口はぴたりと話すことをやめてしまったのだ。何かをほのめかすことすらしなかった。

ただ、と野口の姿も見えなくなった夜の通りに立ったまま、俊也は思った。

女性の仕事はと質問して、答えがなかったのだ。いまの野口とのやりとりでは、それは醜聞であるからと想像できる。野口は佐久間と親しいのであるし、その亡くなった夫人の醜聞を見ず知らずの他人に言うことははばかられたのだ。

ではどんな醜聞だ？　あえて下衆《げす》っぽく考えれば、風俗系だろうか。いや、いまであれば、風俗系の店で働くことはさして醜聞にもならない。後ろ指を差されるようなことではない。国会議員にも、かつて風俗産業で働いていたことを認めた女性がいた。となればやはり……。

それを確認してみたい。もし俊也の想像どおりだとすると、彼女が心を病んだ原因、転落した理由は、やはり大学時代にある。たぶん漕艇部に関わることだ。

俊也はビリヤード場の青年に教えられた店に向かって歩きだした。野口が向かった方角のちょうど反対方向だ。


それは、木造の古い建物だった。もともとは何か工房のようなところだったようだ。外壁は下見板《したみいたば》張りで、中に入ると目の前の壁に、直径一間ほどの水車が飾ってある。かつてここが水車小屋だったとは思えない。水車とか、橇《そり》とか、馬車の車輪とかを作っていたのかもしれない。

カウンターの中にいた中年の女性が、声をかけてきた。

「いらっしゃい」

濃い目の化粧で、明るい色のドレスを着ている。ママなのだろう。

「おひとりですか?」

「そうなんです。初めてなんですが、いいですか」

「大歓迎ですよ。うちは会員制じゃないから。誰かの紹介?」

「旅行者なんですが、ネットで見てやってきたんです」

でまかせだ。

「あら」ママは微笑して言った。「インターネットに、うちのことが出てるの？」

「ええ。運河町の観光情報サイトに」

右手の空間にテーブル席が三つあった。全体はスナック、という造りだ。暗めの照明と、赤いソファ。隅にカラオケのディスプレイ。同じ酒場でも、硝子町酒房とはずいぶん趣がちがう。たとえ同業であっても、ここのママは佐久間とは親しくはないだろうと想像できた。あちらはアートや音楽が好みの客のための店。ここはたぶんママのもてなしが売りだ。

カウンターの席では、さっき野口に声をかけてきた男性がふたり、顔を赤くして酒を飲んでいる。

俊也は、カウンターの席に目をやって言った。

「カウンターでいいですか？」

「どうぞ」

俊也は、野口から社長と呼ばれていた男の左側、椅子をひとつ空けた席に着いた。その男が、いくらか好奇の目を俊也に向けてきた。俊也は黙礼した。

その席から見て、カウンターの中のママがいるのは斜め右だ。うしろで換気扇が回っているし、カウンターのこちら側でのやりとりはママには聞き取りにくいだろう。

俊也はここでもビールを注文した。硝子町酒房でもビリヤード場でも、ろくに口をつけていないのだ。まだまだ自分が酔ってしまう心配はない。すぐにジョッキと、ナッツのお通しが出た。

ママがカウンターの内側から訊いた。

「どちらから」

「東京なんです」

「わざわざこの運河町に？」

「ええ。古い街並みが残っていると聞いていて、前から楽しみだったんですよ。ようやく」

「ある時点で瞬間冷凍されたような街ですからね。いまでこそ、それがいいっていう観光のお客さんも増えてきましたけど」

「ざっと歩いてみたけど、素敵な街ですよ。じつは両親もこの街の大学出身で、話はずいぶん聞かされてきたんです」

「まあ、ご両親とも？」

「ええ。それで、いろいろお勧めポイントも教えられてきましたよ」

これは嘘だが、許される範囲の虚言だろう。

「ご両親は、どんなところを勧めていました？」

俊也は、音楽堂や図書館、大学の名前を挙げた。それにロシア正教会。ロシア人街。運河に連なる倉庫街。

そろそろ本題だ。

「母は、自分の同級生がいるからと、硝子町酒房って店も教えてくれました。美加さんっていうひとが、旦那さんと一緒にお店をやってるって。でもいま行ってみたら、美加さんはだいぶ前に亡くなられていたんですね」

「ああ、硝子町酒房。あそこのご主人もたしかここの大学の卒業生だわ」

「美加さんの名前を出したら、なぜか妙に戸惑ったふうで、何も話してくれませんでした。母に土産話をしなきゃならないんだけど」

そこまで話したところで、店の固定電話が鳴った。カウンターの奥だ。ママが離れた。

ひとつおいて隣りのジャケットの男が言った。

「硝子町酒房、行ったんですか？」

「ええ」俊也は男に顔を向けた。「母が、ぜひ美加さんに会ってきてくれって」

「美加さん亡くなったのって、もう二十年ぐらい前になるんじゃなかったかな」

「ご存じですか？」

「親しくないし、店の常連でもないけど、あの酒場のことは耳にするよ。小さな街だし」

「奥さんは自殺だったそうですね。ちょっと衝撃で、どうお悔やみを言ったらいいのかもわからなかった」

「可哀相なひとだったな。薄幸の美人さ」

「おきれいだったんでしょうね」

「もとはずっとよかったはずだよ。清楚《せいそ》系美人。亡くなる直前はちょっとやつれて、せっかくの美人の影も薄れてたけどな」

「札幌で一時仕事をされていたとか。それで心を病んだという意味のことを、耳にしました」

「佐久間がそう言っていた？」

「いえ、お客さんが。どんなことがあったんですかね」

男は視線を上げて、カウンターの中を見た。ママはこちらに背を向けて電話中だ。自分たちの声は聞こえてはいないだろう。

男は少し声をひそめて言った。

「あの奥さん、札幌でホステスやっていたときに病気になって、少し乱れた生活もしていたらしい」

やはりそっちか。

俊也は言った。

「ただの噂なんですよね」

「だろうね。ほんとのことはわからない。おれが見たわけじゃないしね」

「ありうる話ですか？」

「最後には身投げするくらいに、病気が重かったんだ。あっておかしくはないよな」

そこにママが戻ってきた。男はすっと顔を自分の連れのほうに向けた。

いまの話を信じてよいものかどうか。

まったくのでたらめでもないような気がする。大学を中退して札幌という都会に行き、ホステスをしていた。心の病。乱れた生活。

当然佐久間はそのことを知って結婚したことだろう。佐久間が自分の勤めを辞めてこの街に戻ってきたのも、彼女を救うため、彼女の醜聞を誰も知らない場所に移る必要があったからだ。そういうことだ。

ただ、妻は佐久間でも救えなかったほどに病んでいた。結婚後十年ほどで、妻はみずから生命を絶った。その妻のことを訊かれて、佐久間がふいに涙を流したのもわかるというものだ。

心の病。鬱病。

そうするとやはり気になるのは、父と美加と佐久間の大学時代だ。父の死を理解するための鍵はそこにある。確実に。

ママが俊也に、屈託のない調子で言った。

「そうなの？　ご両親も法科大学卒なの」

いまの隣りの客とのやりとりは聞かれていなかったようだ。

俊也も調子を合わせて言った。

「いい大学だったと聞いています」

「偏差値はそんなに高くないと思うけど、いちおうは国立だしね」

「環境もいいところじゃないですか。赤煉瓦のキャンパスが素敵でした」

「田舎の単科大学だし、若いひとには人気はないでしょうけど」

「そうですか？　こういう環境で勉強したいって若いひとは多いと思いますよ。うちの両親がそうだったみたいに」

「おふたりとも、東京のひとなの？」

「ええ」俊也は嘘を答えた。ここではとくに正直である必要もないだろう。「北海道に憧れて、こちらの郡法大に入ったんだそうです」

「戦前は、けっこう人気のある大学だったのよ」ママは小樽にある国立の単科大学の名を挙げた。「全国から学生が集まっていた。勤め人になるならあっち。役人になるならここ」

「スポーツでは何が有名なんですか？」

「さあ。学生の少ない単科大学だし、とくに何か強いところってあるのかしら」

「漕艇部は、そこそこ有名だと父が言っていました」

「目の前が練習場だしね。たしかに北大とのレガッタは、この街の名物行事かも」

「強いんですよね？」

「さあ。あれって、強いの？」

いま佐久間美加について語ってくれた男が、ああ、と返事をした。自分が問われたと思ったようだ。

「むかし、強かった時期はあるんだ。地区大会で勝って、全国大会でも優勝した」

「部門がいろいろあるでしょう」

「舵《かじ》なしフォア」

俊也は男に目を向けた。彼は多少は漕艇について詳しいのかもしれない。あるいは大学の漕艇部について。

「いつごろなの?」と、またママが訊《き》いた。

「四十年ぐらい前かな」と男。

「あたし、生まれていないや。社長って、法科大卒だったの? 知らなかったけど」

「おれは、もっと広い世界を見に行ってから、この街に戻ってきたのさ。おれが親父《おやじ》の会社で働き始めたころだよ。郡法大の漕艇部が全日本で優勝したのは」

「全日本で優勝? それって、けっこうすごいことじゃない。郡法大で、全日本で優勝するような運動部って、ほかにないでしょ?」

「あとにも先にも、あれっきりだよ」

俊也は言った。

「そういえば、オリンピック代表が出るんじゃないかって話になったそうですね」

男が笑った。

「全日本で部門優勝したから、大学の関係者はちょっと舞い上がったみたいだったな。北海道で冬のオリンピックならともかく、ボートは夏だからな。もし出たら、街だってうれしい。三年続けて優勝するなら、ミュンヘン・オリンピックは確実だろうって、町役場や商工会も盛り上がった」

「じっさいは、どうだったんです?」

「そのときの部門優勝がブロックだったのさ。どういうわけか部員も減ってしまったし、次の年もその次も地区大会予選落ち。けっきょくあれは一瞬だけの奇跡の勝ちだったたってことさ」

部員が減った……。

大学の紀要からそれはわかっていたが、ここで言葉にして語られると、やはりそれは奇妙だ。

俊也は訊いた。

「部員が減ったんですか？」

「ああ」と男は言った。「全日本で優勝していながら、漕艇部ってどういうわけか人気なくなったんだよな」

「理由でも？」

「さあ。おれは大学の関係者じゃないし、よくは知らない」

「でも、部員が減ったということまで、街のひとの話題になっていたんですね」

「川で練習してるボートの数が減れば、わかるさ。漕艇部いきつけの食堂のおばちゃんだって、気がつく。活気ないね、って話題になったよ。盛り上がった反動でね」

「街や商工会が盛り上がったというのは、具体的にはどんなことです？」

「いろいろあったな」男は古い記憶を探る顔となった。

「町役場には、垂れ幕が出たよ。祝全日本優勝。法科大学漕艇部とかってね。街の新聞社なんかが音頭を取って、後援会を作ろうという話にもなった」

「作られたんですか?」

「いいや。大学のほうが、そんなに大げさなことにしないでくれと言ってきた。漕艇部だけ特別扱いはいらないと」

「街のひとは、了承したんですね?」

「当人たちが嫌がることを、無理にするわけにはいかないだろ。だけど、ミュンヘンに向けて応援旅行費用の積み立てをしようか、なんていう動きはあったよ。商工会の青年部でも、いろいろ企画を立ててた。郡府日日新聞の、いまの社長も熱心だったな。後援会は駄目だとしても、勝手に応援するのはかまわんだろうって」

そのとき、入り口の戸が開いて、バイオリン・ケースを提げた野口が入ってきた。

男が言った。

「遅くなったかね」

「待ってた」

野口は俊也に気づいて意外そうな顔をしたが、黙礼だけで客の背中のほうに回った。

俊也は立ち上がり、お勘定を、とママに言った。ママは、もう? と少し残念そうな顔をしたが、すぐに金額を教えてくれた。俊也は野口と右隣りの客に頭を下げて店を出た。

店を出て、いったん左右を見渡した。ここは硝子町通りだ。右手方向に音楽堂通りがある。道はゆるく右手にカーブしていた。先は見通せない。でも硝子町を出るには、その方向に歩くのがいいはずだった。夜になって、初めての街の知らない道を歩くのは避けたほうがいい。

ほんの五、六十メートルで音楽堂通りかと思い込んでいたが、それだけ歩いても音楽堂通りに出なかった。通りは格子状になっていないのだ。自分がいまどの方向に向かっているのかもあやしくなってきた。俊也は立ち止まり、水車小屋という店に入る直前のことを思いだそうとした。あのビリヤード場を出たあと、自分はどのように歩いたのだったか。

この周辺は、かつてはガラス工房が集まっていた街だと聞いた。大火のあとに都市計画が崩れ、道路が直線ではなくなったとか。地図を思い起こせば、少し狭い通りや小路が複雑に入り組んでいる。東京の下町のようにだ。百メートル四方ほどの狭いエリアのはずで、全体は酒場街になっているらしい。大火でも焼け残った石造りの建物なども、酒場やレストランに転用されている。ほんのわずか歩いた印象でも、このエリアのたたずまいはけっして近代的な都市のものではなかった。そもそも、コンクリート造りの建物がほとんど見当たらない。それはつまり、大きな建築物がないということでもあった。窓を大きく取った店もないし、つるりとしたビニール塗料の壁面を持つ店もなかった。また店の看板はどれも小ぶりで、遠回しに一見《いちげん》客を避けているようだ。街灯はおそらく何らかの基準を満たした明るさなのだろうが、全体に街並みは夜に沈んで見えた。

俊也はいま来た通りを戻り、水車小屋という名の酒場の前に立った。ビリヤード場は、通りをこのまま進めばよいのだった。ビリヤード場まで戻ったところで、俊也は混乱した。自分は硝子町酒房からどうやってここに来たのだったか。硝子町酒房はどの通りにあるのだったか？　そうだ、瓦斯灯小路だ。硝子町通りと並行しているように思えた一方通行の道。一度、路地を通り抜けた。

俊也は通りをそのまま東へと歩いた。すぐにT字路に突き当たった。この場所には記憶はない。郡府みどころマップを取り出そうと思ったが、そこには地図を確認できるだけの明るさはなかった。

通りを引き返して、右手に脇道があることに気がついた。幅一間もない路地だ。ここを抜けてきたろうか。俊也はその路地に入った。暗いせいで、記憶と照合のしようもなかった。路地を十メートルほど行くと、少し広めの通りに出た。硝子町通りとよく似た雰囲気の道だ。ここが瓦斯灯小路だったか。やはり酒場らしい看板がいくつか出ている。左手に曲がってみた。

通行人がいないので、道を訊くことはできなかった。

看板をひとつひとつ見ていったが、覚えている店のものはなかった。ここは通っていないかもしれない。歩きだすと、道はかなり大きな角度で左手へと曲がってゆく。

五十メートルほど歩くと道幅が少し狭くなった。ほとんど路地のようだ。車の通行もできないだろう。と、また交差する通りに出た。音楽堂通りではない。あれほどの道幅の道路ではなかった。

首をめぐらすと、左手、道の向こう側にビリヤード場の看板があった。ぐるりと一周してしまったようだ。角を曲がったのは二回だけ。本来なら戻るはずはないが、道の配置が不規則なせいなのだろう。

俊也はもう一度そのビリヤード場のある小路に入った。さっき東に歩いてぶつかった通りをどちらかに曲がれば、音楽堂通りに出るのかもしれない。あそこで引き返したのが間違いだったのだ。たぶん。

右手に歩き出した。やがて右側に水車小屋の看板が見えてきた。その店の前を通り過ぎて、二十歩ほどのところで、左に斜めに入ってゆく路地があった。さっきは気がつかなかった。路地も前方で左手にカーブしている。隙間の先が明るかった。大通りかもしれない。

俊也は少しためらってから、その路地に入った。

二十メートルも歩かなかったろう。俊也は路地を抜けた。見覚えがある。音楽堂通りだ。左手方向に、ライトアップされた石造りの建物がある。あれが音楽堂だ。

俊也は瞬きしてから、いま来た路地を振り返った。路地の奥は暗くて見通せなかった。

路地と音楽堂通りの角に、倉庫ふうの石造りの建物がある。建物の壁から、硝子町骨董《こっとう》店《てん》、という小さな看板が出ていた。明かりはついていない。その並びのやはり倉庫ふうの建物には、運河町質店という看板。これには明かりが入っていた。

音楽堂方面から、何組かの通行人が歩いてくる。三人か四人ずつ固まっていた。音楽堂から出てくるひとが見える。コンサートがちょうど終わったところなのだろうか。

女性の三人組が目の前に歩いてきた。俊也は一歩退いて、歩道を空けた。

ひとり、明るい色のジャケットを着た女性と目が合った。相手は、あら、という表情になった。

俊也も思い出した。きょう、大学の図書館にいた女性だ。牧野という名前だったろうか。

歩きながら、彼女は屈託ない調子で言ってきた。

「こんばんは」

「あ、どうも」あいさつされるとは予想していなかった。俊也はあわてて応えた。「こんばんは」

一緒に歩いていた女性ふたりが、ちらりと俊也に目を向けてきた。三人は立ち止まらない。そのまま俊也の前を通りすぎていった。三人を目で追うと、やがて姿は道の暗がりの中に溶け込んでいった。もしかすると、右手の通りに折れたのかもしれない。

彼女たちが交差する通りに曲がったとしたら、それはさっき自分が入っていった硝子町通りなのかもしれない。確信は持てなかったが、音楽堂からの距離を考えると、間違ってはいないだろう。なぜ自分があの通りの入り口に出られなかったのか、わからなかった。

もう一度路地を振り返った。硝子町は、それほどに迷路じみたエリアだったろうか？

自分の方向感覚がかなりおかしくなっていた？　三軒でビールを頼んだけれど、じっさいに口にしたのは、小さなグラス一杯分もないはずだ。酔ってはいない。

いま一度自分は硝子町酒房に行き着けるだろうか。自信がなかった。余計なことを詮索《せんさく》しにきたせいで、硝子町酒房は迷路の奥深くに引きこもってしまったのではないか、とさえ一瞬思った。二度と行き着けはしないと。

俊也は笑った。何を馬鹿なことを。自分は見知らぬ街を、少し酒を飲んで歩いたせいで迷っただけだ。それ以上のことではない。明日明るくなれば、また硝子町酒房にたどりつくことはできる。それもごく簡単に。

とにかく、と俊也は音楽堂通りを歩き出した。音楽堂の向こう側には会議所通りがある。この街の大通りのひとつだ。左手に曲がると、市立図書館の前に出る。右手に曲がれば、自分が投宿した運河町ホテルに着く。もう迷う心配はない。

腕時計を見た。

午後八時四十分になっていた。もう今夜は何もできそうにもないか。

ふと思いついた。

郡府日日新聞の編集部を訪ねてみるのはどうだろう。新聞社なら、かなり遅くまでひとがいるのではないか。小さな新聞社なら、社長だって編集部に詰めているかもしれない。その人物なら、四十年前の街の盛り上がりを記憶しているだろうし、盛り上がりを記憶しているとしたら、漕艇部が急に不人気の運動部となってしまった事情についても、耳にしているのではないか。

新聞社の場所はわかっている。停車場通りに面していた。さっきその前を通っている。大通りを使って行くなら、多少遠回りになっても、道を見失うことはない。行ってみよう。

俊也は会議所通り方向へ向かって歩き出した。まだ会議所通りには、車の通行もあるし、通行人の姿も見えた。

第六章　郡府日日新聞

停車場通りに面した郡府日日新聞社のビルには、二階にまだ照明が入っていた。一階と三階の窓には明かりがない。

木製の両開きのドアの前で、俊也は一瞬考えた。訪問したいと、まず電話するのが礼儀だろうか。大新聞であれば、威力業務妨害やらテロの心配もしなければならないだろうから、来訪は迷惑がられるかもしれない。でも小さな地方都市のローカル新聞ではむしろ、情報提供を含めて地元住民の訪問はいつでも受け付けているような気がする。歓迎するかどうかは、用件次第にせよだ。

ドアノブを回したが、ロックされていた。やはりそれが当然か。俊也はドアの脇にインターフォンがあることに気づいた。石造りの建物には似合わず最新型のようだ。通話ボタンを押した。

「はい？」と、気難しそうな年配者の声。

「旅行者なんですが」と俊也はできるだけ不審な調子がないように言った。「この街の古いことをいろいろ訊《き》いていましたら、ここの新聞の社長さんがお詳しいと伺いまして。それで突然なんですが、やってきた次第です」

「詳しいって、何の件？」

「郡法大のことです。とくに漕艇部のことなんか」

「漕艇部？」

「はい。むかし、漕艇部が全日本の舵《かじ》なしフォアで優勝したことがあったとか。そういう時期の前後のこと」

言ってから、これはやはりかなりぶしつけな訪問であったと気づいた。

「失礼しました。きちんと事前にアポイントを取るべきでしたね。ちょっと好奇心のままに動いてしまいまして」

沈黙があった。俊也は通話が切れたのではないかと心配した。

もう一度繰り返そうとしたところで、相手が訊いた。

「何か取材でもしてるの？」

「いいえ。旅行者です」

「観光で来てるってこと？」

「というか、両親の青春の地を訪ねて、この運河町にやってきたんですが」

「どういう意味なんだ?」

「じつは、両親ともこちらの大学の卒業で、父のほうは漕艇部員でした。二十年前にこの街で死んだんです。こちらの新聞に、そのときの記事が載っていたのを読んだものですから、それでもし差し支えなければ」

そのあとの言葉をどう続けるか考えていなかった。俊也の言葉が切れた。

相手が訊いた。

「差し支えなければ、何?」

質問慣れしているな、と俊也は思った。面倒臭がっていない。インターフォンごしに、できるだけ多くの情報を取ろうとしている。

「その、漕艇部のことなど、聞かせていただけないかと」

「お父さんもこの街で亡くなったって?」

「ええ。運河に落ちての事故死ですが」

「警察関係者?」

「いいえ、身内というだけです。せっかくこの街にきたので、父の青春時代のことなんて知っておきたいなと」

「お父さんの名前は?」

「岩崎裕二、と言いました」

また少しの沈黙。

ドアの内側で、かちりと金属音がした。

「どうぞ、入って。二階に」

ドアを開けて、中に入った。薄暗い照明だ。そこは小さなロビーとなっており、左手に両開きのドア。ドアのガラス窓から中が見えた。薄明かりで、スチール・ロッカーが並んでいるのがわかった。新聞らしきものが重ねて並べられているようだ。この新聞社の販売部といったセクションの部屋なのだろう。編集部ではない。

右手に階段がある。俊也はその階段を昇った。

上がり切ったところにドアがあって、内側に男が立っていた。白髪まじりの長髪の男だ。黒いセルフレームのメガネ。茶色のカーディガンを着ていた。

俊也はあいさつした。

「岩崎と言います。この運河町には両親が学生時代にいたものですから、やってきたんです」

男は訊いた。

「わたしのことを、誰から？」

「社長さんですか？」

「ああ。五代目だ。最後の社長かもしれない」

「酒場で、隣り合ったお客が、社長さんなら詳しいんじゃないかと教えてくれたんです。漕艇部が強かった時代のことなら」

あの客はそんなふうには言っていなかった。当時新聞社が漕艇部を盛り上げることに熱心だったと言っていただけだ。そしてその中にはいまの郡府日日新聞社の社長もいたと、話の前後からわかったのだった。

社長と名乗った男は部屋の中に入った。スチール・デスクが五つばかり押し込まれた部屋だ。至るところに新聞、スクラップ・ブック、プリントアウトを綴《と》じたもの……。ひとことで言えば、紙があふれかえった部屋だった。その紙の山の中心に、応接セットがある。ほかに記者や編集者らしきひとの姿はない。いまこの時間、この編集部には社長ひとりしかいなかったのだ。

社長はデスクの上から名刺を取り上げて俊也に渡してきた。

「郡府日日新聞社　代表取締役　編集主幹　岡田哲夫《おかだてつお》」とある。

「わたし、名刺は持ってきていないんですが」

「岩崎と言った?」

「はい。東京で、教員をやっています」俊也はインターフォンごしに言ったことを繰り返した。「両親がここの法科大学の出身でした。親が青春を過ごした街を見たくて、旅行中です」

岡田がうながすので、俊也は応接セットの椅子のひとつに腰を下ろした。岡田も向かい側の椅子に腰掛けて、シャツの胸ポケットから煙草《タバコ》の箱を取り出して、一本を指にはさんだ。

岡田が黙って俊也を見つめてくる。何を訊きにきたのか、少し興味がわいているという顔だった。

「お父さん郡法大の漕艇部員だったって？」

「はい。郡法大の漕艇部が全日本の舵なしフォアで優勝した年の部員です。そのとき出場して優勝した選手ではなかったようですが」

「昭和四十四年」と岡田は言った。「六九年だな。熱い政治の年だったな。わたしがこの新聞社に入って二年目だった。この街もまだいろいろ面白いことがある時代だった」

「面白いこととは？」

「その漕艇部の全国優勝とか。新しい遊覧船が出来てきたとか。この街出身のハーフのモデルが雑誌に載ったとか。農大では学生運動がらみの事件で、学生がひとり逮捕されたってこともあった。ほかにもあれこれ。街にまだ活気があったんだ。若い連中もいろんな意味で元気だったよ。うちの新聞だって、週二回発行で、記者もほかに三人いた」

「いまは？」

「日日新聞と言いながら、週一回の発行だ。創刊当時は、ほんとうに日刊紙だったのに。啄木が就職を狙ったぐらい勢いもあった新聞だったんだ」

「漕艇部が強かった時期のことを、覚えてらっしゃいますか？」

「思い出せる。凱旋《がいせん》してきて、町長室で報告があった。写真を撮って載せたよ」

「街には、後援会を作ろうって動きもあったそうですね」

「ほかに町民が応援できるようなスポーツ・チームなんてなかったからな。郡府高校の野球部は弱いし、ほかにぱっとしたものは何もない。だから、おらが街のチームと選手が必要だった。法科大学のボートがそれになると思った」

「大学は、後援会なんて作らなくていいと止めたそうですね」

「漕艇部を特別扱いしてくれるなということだったな。ま、大学側の言い分もわからないではない」

「不思議なのは」と俊也は口調を少し変えて言った。「全国大会で優勝していながら、翌年は部員が減って、コーチも監督も交替していますね。まるでいきなり人気がなくなったみたいに」

　岡田の表情が少し固くなった。瞬きしている。何か思い出したという顔だ。

「何かありました？」と俊也は訊いた。

　岡田は俊也の質問には答えずに逆に訊いてきた。

「お父さん、あの年、何年生だったの？」

「二年だったはずです。三年になったときにはもうボートはやめていた」

「それで、あんたはお父さんの古い何かを知りたくて、調べに来たってことかい？」

「調べにというつもりはありません。父にとっての青春の街ですし、死んだのもここです。わたしが小学生のころに死んだものですから、わたしにはあまり父の記憶がありません。なので父のことをもっと知ろうと」

「この街で二十年前になくなったと言った?」

「ええ」俊也はその日付を口にした。「この街で同級生のお葬式に出るためにやってきて、運河に落ちて死にました。こちらの新聞に載った記事を図書館で読みました」

「二十年前か。そんなことがあったか」

「ええ。事故死ですし、すぐ忘れられるようなことだったと思いますが」

岡田は立ち上がると、編集部の部屋を出ていった。階段を上がってゆく靴音が聞こえた。何か資料でも引っ張り出してくるのだろうか。俊也は編集部の中を見渡しながら、岡田が戻ってくるのを待った。

五分ほどして、岡田は二階に降りてきた。綴《と》じた新聞を持っている。縮刷版やコピーではなく、当時の新聞そのままのようだ。

岡田は、新聞を広げて、紙面に指を這《は》わせた。

「これか」と岡田はすぐにその記事を見つけた。俊也がきょう図書館で見たものと同じ記事だ。「思い出した。運河に落ちた旅行者。たしかにそういうことがあった」

「そこに出ている岩崎裕二というのが、父です」

岡田は紙面から顔を上げた。

「もしかして、これは事故じゃなく事件だということなのかな?」

「いえ、事故だということについては何も疑っていません。このとき父がこの街に来た理由についてもいままで知らなかったのですが、それはきょうわかりました」

「なんだったの？」

「父の同級生だったひとの葬儀に出るためだったんです」

「同級生？」

「女性ですが、父と同じ漕艇部のひとだったそうです」

「もしかして、佐久間美加さん？」

岡田のその顔は、いま少し青ざめて見えた。

「はい」俊也は答えた。「硝子町酒房の、佐久間っていうマスターの奥さんだったひとです」

「彼には会った？」

「少し前に、店に寄ってきました」

「あんたを歓迎したかい？」

「いえ、とくには」質問の意味がよくわからなかった。あんたを歓迎したか？　歓迎しないのが当たり前だとでも言っているのか？「面食らっていたかもしれません。父の遺品の中にあのお店のマッチがあって、それで訪ねてみたんですが」

「名乗ったんだね。自分は岩崎裕二の息子であると」

「はい。佐久間さんは父のことを覚えていて、奥さんの葬式に出たと言っていました」

「奥さんの自殺のほうは、事件だったな。川に身投げしたんだ」

「夫妻とは、お知り合いでした？」

「少しだけな」

岡田は、テーブルの上からマッチブックを持ち上げて、それまで指にはさんだままでいたタバコに火をつけた。マッチブックは硝子町酒房のものだった。

岩崎俊也は少しのあいだ、岡田が次に出す言葉を待った。

しかし彼は、灰皿に目を向けたままだ。何ごとか思い出そうとしているようでもあるし、何か口に出る想いを抑えようとしているようにも見えた。

とうとう俊也は訊いた。

「佐久間さんの奥さん、重い鬱病だったとか？」

岡田が顔を上げた。

「誰がそう言っていた？」

「誰がと言うか」俊也は口ごもった。「なんとなく佐久間さんのお店が話題になったときに、誰かが」

「自殺したんだ。ま、そういう病気があったんだろうとは想像がつくけどな」

「岡田さんは、佐久間さんご夫妻とは古いお知り合いなんですね？」

「どうしてそう思う？」

「舵なしフォアで優勝したころの漕艇部のことを取材されていたそうですから。佐久間美加さんは、漕艇部だったそうです。選手じゃなく、マネージャーか何かだったかもしれませんが、取材のときには当然、面識もできたんだろうと思って」

「若造だった」と、岡田が言った。妙に自嘲的にも聞こえる声だった。「大学を卒業して

二年目。郡府日日新聞の将来性なんてことを考えることもなく、入社したんだ。新聞社っ

てだけで」

　彼自身のことだ。これまでのやりとりで、不意に懐旧譚《かいきゅうたん》を語りたい気分になってしま

ったのだろう。俊也の言葉のどれがそのスイッチであったかはわからないが。

　俊也は訊いた。

「ジャーナリスト志望だったんですね？」

「全国紙、ブロック紙、地方紙。片っ端から受けて落ちた。たったひとつ、合格したのが

郡府日日新聞だった」

「北海道のご出身ですか？」

「帯広さ。郡府日日のことも」岡田は、北海道の地方紙のことらしい固有名詞を口にした。

「……程度の新聞なのかと勘違いした」

「失礼な言い方かもしれませんが、代表として新聞を発行されているというだけで、素晴

らしいことのように聞こえますが」

「地方の事情を知らないいな。役員報酬は安い。取材と広告取りは一緒。だけど広告を取ろ

うにも、この運河町にはろくな企業がない。市内に三軒カラオケ店を持つ会社が、いった

い広告費にひと月どれだけ出すと思う？」

「もう少し大きな企業もあるんじゃありませんか？」

「似たりよったりだ。いまは発行部数公称八百。こんなタウン新聞、そろそろ寿命じゃないか？」

「街には必要なメディアなんだと思いますが」

「ま、わたしのことはどうでもいいが、昭和四十四年のことと言ったね」

「父が在籍していたのは、四十三年から四十七年までです」

「一、九、六、九」と、岡田は数字をひとつずつ口にした。「何もかも勢いのある時代だった。高度成長は終わりかけていたけれど、日本経済の将来は明るかった。戦争景気だったし」

「戦争？」

「ベトナム戦争。北海道の場合はこれに、札幌オリンピックの前景気が加わる。地下鉄建設を含めて、大規模な都市改造があった。この街にもそのおこぼれがあった」

「札幌オリンピックは一九七二年でした？」

「そう。この街も衰退に歯止めがかかるんじゃないかと期待できた。北海道じゅうが、札幌オリンピックに夢を見ていたな。そういう時代だった。だからわたしも、大きな新聞社に落ちたことは落胆したにせよ、郡府日日に就職すること自体に不安はなかった。先輩記者も三人いたし」

「岡田さんが担当していたのは？」

「地域ネタだ。役場や警察まわりは、先輩たち。一年目はそれぞれの助手をやったけれど、二年目からは街の話題を自分で拾ってきた。ほのぼの系の記事を書くように言われてた」

「漕艇部の舵なしフォア全日本優勝もそのひとつだったんですね?」

「ほのぼのと言うよりは、盛り上がりネタだったな。ボートについて即席の勉強して、関係者を取材して歩いた」

「そのときの記事を、読むことはできますか?」

岡田は少しためらいを見せてから言った。

「漕艇関係の記事は、いちおうまとめてある」

「さしつかえなければ、読ませていただけませんか?」

「何を知りたいの?」

「ですから、父親の青春時代のことを」

「ほんとに、取材なんかじゃないんだろうね。名刺も持っていない相手を、どう信用していいものか」

俊也は、財布の中に健康保険証のコピーを入れてあることを思い出した。名刺は持ってきていないが、私立学校の教職員であるということは証明できる。俊也はそのコピーを取り出して岡田に見せた。岡田はコピーを少し目から離して読んだが、それでもまだ疑念が残るという顔だった。

「何かに書いたりするってことは、ない?」

「まったくの個人的な関心ですが、何か書いたりしてはまずいことでもありますか?」

「いや、とくには」

かすかにその声が強く聞こえた。

俊也は粘るように言った。

「記事を読ませていただきたいというだけです。父の青春時代のひとコマについて」

岡田はわざとらしく左腕をひねり、腕時計に目をやった。

「明日にしてくれるか？　もう帰る時刻だ。スクラップ・ブック、捜しておく」

俊也も自分の腕時計を見た。午後九時十分になろうとしていた。たしかに、見ず知らずの、突然の来訪者に便宜をはかってやるべき時間ではないかもしれない。

「では」と俊也は引き下がることにした。「九時なら、早すぎますか？」

「九時？」断られるかと思ったが、岡田は言った。「九時十五分に。スクラップ・ブック、用意しておく」

「九時十五分ですね」

俊也は立ち上がって、ていねいにお辞儀した。もう十分に収穫があった。あとは、焦って岡田を頑《かたく》なにさせないことだ。

岡田は、昭和四十四年に法科大学の漕艇部が部門優勝した前後の事情を知っている。取材されること、書かれることを気にしているということは、やはり漕艇部をめぐって何かがあったのだ。新聞記事になったかどうかまではわからない。さっきまでほうぼうで訊いてみても、漕艇部をめぐる何か秘密めいた事実について語ってくれた者はいない。記事にはならなかったということだろう。逆に言えば、記事にはできなかったようなことがあったのだ、とも言えるのではないか。

ただしその秘密めいたことは、地獄まで持ってゆかねばならないほどのことでもない。俊也に対する岡田の好奇心を考えると、岡田自身は、自分が知っている事実について、語ってもいいとさえ考えているのではないか。公表されたり、記録されたりするのでないかぎりは。

俊也が編集部を出ると、岡田もついてきた。一階の玄関口で俊也はあらためて頭を下げ、明日午前九時十五分に再訪すると告げた。ドアが閉じられて、カチリとロックされる音が聞こえた。

停車場通りへ出て、俊也はあたりを見渡した。右手方向、会議所や旧拓銀のあたりの古いビルはライトアップされているが、左手方向は明かりと言えば街路灯だけだ。昔のガス灯を意識したらしきデザインの街路灯が、通りの両側に連なっている。緑色っぽい路面電車が一両、駅の方向から、レールをまたぐ音を立てながら走ってきた。通行人の数は少なくなっている。

ホテルに戻るか。

そう考えてから、空腹を感じた。きょうはまだ夕食を食べていない。ひとから話を聞くために、ビールを少し口にしただけだった。

この時刻、まだやっているレストランなどはあるだろうか。大都市とはちがって、店は早めに閉じてしまうように思う。食べるなら、急いで店を決めなければ。

この街で行くべき料理店は、露人街のロシア料理店だとネットやガイドブックに出ていたはずだ。あちらに行ってみるか。

さっき道に迷ったことを思い出した。俊也は硝子町の中を突っ切ってゆくのはよそうと思った。いったん給水塔通りに出てから、街の中央近くにある露人街に出るのがよいのではないか。

俊也はジャケットのポケットから、群府みどころマップを取り出した。新聞社の玄関先の明かりのおかげで、見ることができる。やはり硝子町の一帯は路地が入り組んでいた。慣れない旅行者であれば、迷ってもおかしくはなかった。病院通りは、南方向へ曲がっている。その先の道がまた複雑だ。

給水塔通りは、硝子町の北側を通って、停車場通りにつながっていた。この新聞社前からあと二十メートルほど北に上ったところが、その交差点となる。給水塔通りは、その交差点から東方向に延び、ロシア正教会の北側に出るのだった。これが近道であるし、わかりやすそうだった。俊也は歩き出した。

第七章　正教会前広場

その交差点まで行くと、石造りの建物の壁に給水塔通りの表示が出ていた。俊也はもう一度地図を確認してから、その通りへと折れた。百メートルほど道なりに進めば、音楽堂通りにぶつかる。交差点を突っ切ってもう一ブロック歩くと、右手にロシア正教会があることになっている。正教会の西側にあるのが正教会前広場。正教会と広場の南側一帯が露人街だ。ロシア料理店はその露人街に三軒あるらしい。そのうちのどの店に入るかは、営業時間と店構えで決めよう。

給水塔通りのこのあたりも石造りの建物の並ぶ街路で、街路灯の明かりのせいか、凝灰岩の壁も少し黄色っぽく見えた。硝子町には飲食店の看板が目立ったが、ここにはほとんどない。けばけばしい看板がないせいで、通りの様子は落ち着いている。

音楽堂通りを渡って少し歩くと、前方に正教会の建物が見えてきた。この建物もライトアップされている。緑色の屋根の塔が、夜空に浮かび上がっていた。手前が正教会前広場だ。石畳の、ごく小さな広場。東京の密集住宅街にある小学校の校庭ほどの広さしかない。正教会の正面に向かい合うかたちで、広場の端にブロンズ像がある。日中は見過ごしていた。近づいてみると、バレエのポーズのような姿勢の女性像だった。チュチュを着ているように見えた。俊也は思い出した。ロシア革命のあと、日本に逃れてきた白系露人の中に、有名なバレリーナがいたはず。これは彼女の像なのかもしれない。

広場を南に横切って、露人街と名付けられている通りへと出た。かろうじて二車線だけれど、さして広くはない通りだ。建物は木造の二階家が多い。縦長窓の洋館で、下見板貼り。壁は白っぽく、窓枠には濃い色が塗られていた。緑とか、赤系統の色かもしれない。建物によって微妙に色彩の組み合わせが違っている。

レストランの看板が見える。手前の店は、一階の窓の内側に明かりが入っていた。営業中だ。白樺《しらかば》の木を組み合わせた看板にも、窓のガラスにも、キリル文字。もちろん俊也には読めない。

日本語でも店名が出ていた。

白樺

その下にさらにカタカナ。

ベリョーザ

ロシア語では、白樺のことをベリョーザと呼ぶのだろう。

俊也は窓の外から店の中をのぞいた。見える範囲で、ふた組の客がいる。客は全員日本人のようだ。

ウエイトレスと目が合った。こちらはまちがいなく白人の顔だち。ひっつめの金髪だ。三十歳くらいだろうか。とくに民族衣裳《いしょう》のようなものを着ているわけではない。白いブラウスに黒いスカート。ウエイトレスは微笑した。

目が合ってしまった以上、選択の余地はない。俊也は玄関のドアへと回って、木製のドアを押し開けた。中は少しロシア風の飾りつけがされている。隅のアップライトピアノの前の壁にはバラライカがかかっていた。棚には、マトリョーシカ人形が数体並んでいる。

「いらっしゃいませ」と、ごくふつうのイントネーションで、ウエイトレスが言う。地元のロシア系市民なのだとしたら、とうぜん赤ん坊のときから日本語の中で育っている。外国訛《なま》りがあるはずもなかった。

「食事はできますか？」と俊也は訊《き》いた。

「ええ、もちろんです。お煙草《タバコ》はお喫《す》いになりますか？」

「いいえ」

こちらへ、と案内されたのは、窓に近い四人席だった。テーブルクロスはなく、つまりメニューで確かめるほどでもなく、さほど単価の高いレストランではないということだろう。俊也は安堵《あんど》した。

ウエイトレスがメニューを渡してくれたが、俊也は見ることなく訊いた。

「おなかが空《す》いているんです。お勧めのお料理は?」

「そうですね」

ウエイトレスは、メニューを指さしていくつかの料理を勧めてくれた。俊也はピロシキと牛肉のボルシチ煮込みを注文した。さらにグラスの赤ワインをつけ加えた。

ウエイトレスが訊いた。

「観光のかたですか?」

「そうなんです。旅行中。きょうこの街に着いたんです」

「どうぞ、楽しんでいってください」

店内を見渡すと、ピアノのそばの棚に旅行雑誌、それにグルメ雑誌のバックナンバーが五冊ほど置いてある。わざわざ古い雑誌があるということは、この店もしくはこの街に関する記事でも載っているのか。俊也は立ち上がって、雑誌をひとつひとつざっとめくってみた。

三冊目の旅行雑誌を手に取ったとき、ウエイトレスが気づいて教えてくれた。

「その本にも、このお店のことが載っています」

やはりだ。俊也はその雑誌を持って、自分の席に戻った。

その雑誌は、第二特集として郡府を取り上げていた。

「運河と石造建築のあいだを歩く
北海道・郡府」

二十ページほどの特集だった。五年前の号だ。

きょう自分が見てきた場所が、写真で紹介されている。停車場通り、北炭ビル、音楽堂、運河と倉庫街、正教会と露人街、硝子町。三間運河も。運河町ホテルも写真で紹介されていた。

一枚の写真が目にとまった。このレストランの表だ。昼間のもので、入り口の前に四人の男女。全員白人だ。白いシェフ服を着た男性ふたりと、前掛けをつけた女性がふたり。女性のうちの若いほうは、いま俊也に応対してくれたウエイトレスだ。従業員の集合写真というよりは、家族写真と見える。

キャプションはこうだ。

「ロシア料理店『白樺（ベリョーザ）』の、ティシチェンコさん家族」

記事を読んで、家族の構成がわかった。両親は、ユーリーとナターリア。息子さんがアントン。アントンのもとに嫁いできたのがウエイトレスのカテリーナ。ユーリーは運河町の生まれ育ちだけれど、その夫人のナターリアは函館出身。カテリーナは稚内《わつかない》出身だという。

ユーリーが、一族の歴史を語っていた。

ティシチェンコの一族は、サンクトペテルブルクに近い地方の小地主だったという。ロシア革命が勃発した後、ユーリーの祖父にあたるアレクサンドルは家族と共にシベリアを横断、ウラジオストックに着いた。そのときはアレクサンドルにはまだ亡命する意志はなく、白軍が勝利するのを待つつもりだったという。しかし内戦はボルシェビキの勝利で終わり、帰るあてはなくなった。アレクサンドルはやむなく定期船の航路のあった小樽に向かったのだった。

そこから先は船賃もなく、ティシチェンコ一族は小樽で仕事を探して暮らすことになった。小樽は当時ロシア貿易の拠点港であったから、住んでいたロシア人の数も多かった。小樽のロシア人たちは、函館や神戸、横浜のロシア人たちともネットワークがあった。アレクサンドルは、同胞の伝《つて》でなんとか小樽の商船会社に職を得ることができた。

彼の若い妻アンナは、洋服の仕立てを引き受けるようになった。アンナはさほど裕福ではない家庭の出ということもあり、裁縫も家事も料理もひととおりのことができたのだったという。

ユーリーの父親、ニコライが生まれたのは、小樽である。ニコライが十歳になったころには、ティシチェンコ一家はロシア料理店を営んでいた。ただ、小樽では競争相手も多かった。一家は札幌に移り、さらに太平洋戦争の始まる前には郡府へと移った。当時、やはりロシアとも関係の深かった郡府にも、ロシア系住人が五十人ほど住んでいたという。まだ街の景気もさほど悪くはなかった。

記事が書かれた時点で、ニコライの開いたロシア料理店「白樺」は、六十年の歴史を持っていた。開店当時から、法科大学の先生や学生たちに人気だったという。気がつけば、いつのまにか露人街いちばんの老舗《しにせ》レストランとなっていた。

現当主のユーリーが生まれたのは、一九六一年だという。ティシチェンコ一家がロシアを離れてからちょうど四十年がたっていた。ニコライのあとを継いで、次男のユーリーが店を引き受け、やがて函館在住のロシア人、ナターリアと結婚して、三人の子供をもうけた。そのうちの末っ子がアントンで、夫人がカテリーナである。

記事は続けて書いてある。

ロシアの作曲家、故ボリス・ティシチェンコは、ユーリーの遠縁にあたる。ユーリーの次男は、バイオリニストとして欧米で活躍している。ハーフのモデルとして人気のあったライサ中村は、郡府の出身でユーリーの従妹である。

そこまで読み終えたところに、注文した料理が出た。

カテリーナと名を覚えたばかりのウエイトレスが、俊也に微笑して言った。

「この店の記事ですね」

俊也は彼女を見上げて言った。

「ロシアとこういう縁のあるお店なんですね」

「この街が、ロシアと縁が深かったんですよ」

「ロシア正教会があるくらいですものね」

「ここの教会には、日本人の信徒さんもいます。もうご覧になりました？」

「いいえ」

「明日、ぜひどうぞ。素晴らしいイコーナがあります」

「イコーナ?」

「聖像画のことです。マリアさまや、聖人たちを描いた絵です」

「教会の中は見学できるんですね?」

「もちろんです。この街に来たんですから、ぜひ」

「この記事を読みましたけど、大学の先生や学生さんたちに人気のお店なんですね?」

「そうです。法科大学ではロシア語の授業もありますし、この街にはロシアの文化に関心のあるひとが多いんです。ロシアに行かれたことはありますか?」

「いいえ。どうしてです?」

「ロシアン・レストランにいらしてくれたからです。ロシアで好きになってくれたのかしらと思って」

「残念ながら、まだ」

「では、どうぞ、ここで好きになっていってください」

カテリーナが下がっていった。俊也は旅行雑誌を閉じて、まずは食事に専念することにした。

ピロシキと、牛肉のボルシチ・スープ煮込みで、腹は十分にくちくなった。赤ワインは途中で飲み干してしまい、少し考えてから二杯目を頼んだ。きょうは何人ものひとに会って話を聞いた。時刻も午後十時近くだ。ここでもう切り上げてもいい。お酒を入れてしまってもいいだろう。俊也はどちらかといえば、酒が好きなほうだ。職場の同僚と、週に一回は居酒屋に行く。週末、美由紀と過ごすときにもお酒を飲む。赤ワインがグラス二杯なら、ちょうどほどよく酔える。かといって、酩酊《めいてい》というところにまではゆかない。見知らぬ街を、ホテルまで帰り着くことができる。

　食事を終えると、三十代のシェフが出てきた。写真に載っていたアントンなのだろう。砂色の髪の男だ。

「いかがでした？」と彼が訊いた。「ロシア料理は初めてですか？」

「いえ」俊也はアントンを見上げて答えた。「東京で、何度か食べています。きのこの壺《つぼ》焼《や》きなんて、大好きですよ」

「それもうちの名物料理です。とくにきのこのシーズンには、とても人気があります。山に自生しているきのこもよく使うんです」

「お料理は、お母さまから教えられたのですか？」

「うちのメニューについてはそうです。わたし自身は、ロンドンのロシア料理店でも修業しました」

　アントンは、レストランの名を口にした。俊也が知るはずもない名前だったが、たぶん通のあいだでは有名な店なのだろう。口にしたときのアントンの表情からも、それがわかった。

　俊也は訊いた。

「ここには法科大学の漕艇部のひとたちは、よく来ます？」

アントンは首をかしげた。

「ソウテイブ?」

「ボート部。大学には、ボート部がありますよね」

「ああ、川でいつも練習していますね。北大とのレガッタ、有名です」

「お客さんとしては?」

アントンは、そばに立って聞いていたカテリーナに顔を向けた。

「ボート部のひとたちって、来る?」

「さあ」カテリーナも困惑ぎみに答えた。「合奏団やグリークラブのひとたちは来るけど、ボート部のひとたちってどうかしら」

質問が唐突すぎたようだ。そもそも、この店と漕艇部に何らかのつながりがあるという情報を持っていたわけでもない。

俊也は手を振って言った。

「あ、気にしないでください。父が法科大学の漕艇部員だったものですから。父もよく来ていたのかと思って」

「お父さまも、この街にいたことがあるんですか」とアントン。

「ええ。もう亡くなっているんですが」

ふと思い出した。父は、大学の漕艇部員だったが、ロシア文学が好きだった。書棚には、ドストエフスキーからショーロホフまで、数十冊のロシアの文学書があった。原書も何冊か混じっていた。父はたぶん第二外国語として、ロシア語を学んだのだ。となれば学生時代、ロシアの文化への興味から、この店には足しげく通ったということはないだろうか。学生の身では、多少料理が高額だったとしても。

「父は、ロシアの作家が大好きでした。きっとこのお店には通っていたでしょう」

「お父さまは、いつごろ法科大学に通っていたんです？」

「四十年くらい前ですね。一九六八年から七二年ころまで」

「わたしは生まれていないな。わたしの父が元気だったころです」

「いまお父さまは？」

「厨房《ちゆうぼう》にいますよ」

そのとき、その厨房に通じるドアから、シェフの格好をした中年男が出てきた。がっしりとした体格、というよりは、やや肥満体だ。銀髪で、ひとのよさそうな笑顔だった。彼がユーリーなのだろう。

ユーリーと見える中年男が近づいてきて、俊也に訊いた。

「いかがでした？」

「おいしかった」と俊也は答えた。いま自分のテーブルの横には三人の店員がいる。いないのは、ナターリア夫人だけだ。「牛のボルシチ煮込みは初めてでしたよ」

「よかった。旅行者さんですか？」

カテリーナが言った。

「お父さまが法科大学の出身なんですって。たぶんこの店にも通っていただろうと」

「それはどうかな」とユーリーは笑った。

「どうしてです?」

「このお店、レストランだから少し高い。学生さんが通うには、ちょっとだけ高級」

そうだろうとは思った。同じカロリーを摂取するには、学生食堂の定食の三倍から四倍の代金が必要になる。カテリーナの、通う、という表現は言い過ぎなのだ。せいぜいが、たまに来た、程度だろう。

ユーリーは言った。

「でも、人気はあった。学生さんたち、ふだんは大学の食堂や、街の大衆食堂で食べて、ちょっとリッチなときにだけ、この店に来た。いまでもそうだよ。先生の中には、とてもよく来るひともいるけど」

カテリーナがユーリーに言った。

「こちらのお父さま、四十年くらい前、六八年から七二年ごろに、法科大学にいたんだそうです」

カテリーナの言葉に、ユーリーが何か思い出したという顔になった。

「四十年前。ああ、変なことがあった時期だな。警察のひとが、こっそりときどき来ていた」

俊也は驚いて訊いた。

「警察？　どうしてです？」

「笑い話。ソ連のスパイじゃないかと思われたみたいだった」

「理由でも？」

「アメリカ軍の脱走兵が、北海道を経由してソ連に逃げた。ソ連から、つぎはスウェーデンへ。うちが、その支援グループと親しいんじゃないかと思われたんでしょう」

カテリーナが目を丸くした。彼女も知らない話のようだ。

「じっさいのところは？」と俊也は訊いた。

ユーリーは腹を揺らして答えた。

「うちの一族は、ボルシェビキ革命から逃げて日本にやってきたんですよ。ロシアは故国だけど、ソ連政府のスパイになりますか？　でも、ま、うちによく来ていた先生の中に、そちらのほうと関係しているひとがいたんでしょうね」

「大学の先生の中に、ということですか？」

「学生もいたでしょう。どのひとが、脱走兵支援をしていたか、わたしは知らないけどね」

そういえば岡田が、部員のよく行っている大衆食堂があったような言い方をしていた。

俊也はユーリーに訊いた。

「漕艇部員たちは、どこの大衆食堂に行ってたんでしょうね。もしいまもあって、ご存じなら」

ユーリーは頭をかきながら天井を見上げた。

「川のほうだよ。そうだ。会議所通り。三間運河の水門近くだ。学生さんやドライバーがよく行く食堂。水門食堂という名前だ」

「水門食堂」と俊也はオウム返しに言った。「大衆食堂なんですね?」

「焼き魚定食。生姜《しようが》焼き定食。前のおばちゃんとは、仲がよかった」

「四十年前もありました?」

「あった」とユーリーはうなずいて言った。

「前のおばちゃんが、二十年くらい前までやっていた」

二十年前というと、父がこの街に来た前後のことになるだろうか。父はもしかすると、そのおばちゃんにも会っているかもしれない。

俊也は訊いた。

「いまはどなたが?」

「もう閉店してしまった。店の跡にいまはコンビニができている」

ユーリーがテーブルから離れていった。俊也も財布を取り出しながら立ち上がった。

露人街のそのレストランを出て、俊也は次にどうするかを考えた。

硝子町の酒場ならともかく、もうひとに会ったり訪ねたりしてよい時刻ではない。

露人街の左右を見渡した。この通りにも、ガス灯を模したデザインの街路灯が並んでいる。通りの左右の建物は、オレンジ色の光でぼんやりと浮かび上がっていた。通りは先で右手に曲がっている。俊也は、地図を思い出した。運河町の中ではこの露人街一帯も硝子町のように、通りが不規則だった。道は直線ばかりではないし、表通りに対して、路地や小路がいくつもつながっている。たしかここも、かつて都市計画が狂うほどの大火があったと聞いた。

ふと気がつくと、この通りにはレストランの看板以外には、看板らしいものは見当たらなかった。商業施設がそもそも少ないのか、それとも住んでいるロシア系住民たちの美意識のせいなのか、それはわからない。きょう誰かが、この街の会議所の前のあたりを戦前の銀座に見立てて映画の撮影があったと言っていた。この露人街ならば、ここを戦前の外国の住宅街として撮影に使うこともできそうだった。

ホテルに帰ろうと決めた。露人街を東に抜けると、たしか大学の正門のある通りに出るはず。水車町通りだ。この通りを北に歩いて、給水塔通りからホテルを目指すという道がある。会議所通りまで抜けて右に折れるのでもいい。

ゆるくカーブする通りを一ブロック進むと、大学の前に出た。煉瓦《れんが》塀がキャンパスを囲んでいる。やや左手に正門がある。

俊也はこの交差点でも立ち止まって、左右を眺めてみた。左手は給水塔通り方面だ。一ブロック先の交差点のあたりが明るい。右手は、まだ露人街の趣が続いている。木造の洋館が並んでいるのだ。正面は大学の煉瓦塀だ。ひと通りはないが、物騒なわけでもない。少し遠回りになるが、俊也は右手に折れてみた。

南に歩くと、次のブロックで運河にぶつかった。もちろん南運河のはずはない。幅もずっと狭い。三間ほどだ。通りは橋に続いている。

俊也は立ち止まり、郡府みどころマップは取り出さないままに考えた。たしか三間運河は、市街の中で折れていたはず。自分はその折れた三間運河に行き当たったということか。左手に折れた。一方通行の細い道で、街路樹が運河の側に植えられている。樹木の名前にはうといが、迷彩模様のような樹肌から考えるに、その街路樹はプラタナスではないだろうか。

この通り、ひと気はまったくない。運河の対岸は、倉庫ふうの建物と、無骨なオフィスビルふうの建物が混じって並んでいる。窓の灯などはほとんど見当たらなかった。街路灯があるので、さほど暗い道という印象ではない。俊也はそのまま通りを歩いた。

水音がする。ひたひたと、石の堤を叩《たた》くような音だ。

運河をボートが航行している？

俊也は通りを運河側に寄って足を止め、背後を見た。小さなボートが近づいてくるところだった。正面に白い灯をかざしている。

黙って見ていると、それは幅がせいぜい百五十センチほどの船だとわかった。後ろのほうにデッキがある。プレジャーボートのようではない。釣り船のようでもなかった。昔の艀《はしけ》にエンジンをつけたのだろうかと思った。見ていると、船は三間運河の真ん中をどんどん近づいて来る。目の前を通り過ぎるとき、それは古い木造船だとわかった。船体は黒く塗装されている。船の前部が空いており、やはり荷役にでも使っていたような船と見えた。ただ、エンジンの音が聞こえない。惰性で水面を滑っているかのように見える。

デッキの操縦席に、ふたりのひとの姿が見えた。男と女だ。男は中年で、黒いニット帽に、黒っぽいパーカ。薄明かりで、無精髭《ぶしょうひげ》を伸ばしたような顔と見えた。

男の手前側で、女がシートに腰掛けている。白っぽいジャケット、あるいはウィンドブレーカーと見える上着を着ていた。女も中年だろうか。あるいは男よりも少し若いかもしれない。長い髪を後頭部でまとめていた。無表情だ。

男は一瞬だけ俊也に目を向けたが、とくに何の反応も見せなかった。船は航跡を引いて俊也の目の前を通り過ぎ、夜の奥へと消えていった。もし惰性で航行していたのだとしたら、船足はずいぶん速かった。

運河はまだ、使われていたのだ。

少し驚きだった。もうこの街の運河は言わば産業遺産という扱いだろうと思っていたのだ。それとも、いま運河は船好きたちの遊び場として使われているのか？

まさか、と思い直した。夜も十時過ぎという時刻、男女のカップルが船遊び？　あれはたぶん、やはり仕事で動いていた船なのだろう。男と女はたぶん夫婦だ。

でも、それはどんな種類の用事なのだ？　何か荷の運搬？　車を使わずに？　それとも運河自体の点検とかだろうか。

見当がつかなかった。

俊也はまた歩き出した。ほどなく、運河が直角に折れている場所に出た。正面にはひと専用の細い鉄橋。通りも運河に沿って左手に曲がっている。一ブロック歩くと、大学の裏手に出た。煉瓦塀はそのまま続いている。

そのブロックを通り過ぎると、給水塔通りだった。俊也は通りを渡って、また一ブロックを歩いた。正面に大きな街路が見えてくる。会議所通りだ。角に運河町ホテルの石造りの建物がある。

会議所通りへと出て、運河町ホテルの正面玄関から中に入った。

レセプションのカウンターの中にいるのは、昼間のあの久保とはべつの従業員だった。まだ若い男だ。入ったとき本から顔を上げたように見えた。学生アルバイトなのかもしれない。

「お帰りなさい」と、若い男は言った。

俊也は部屋の番号を口にした。若い男は振り返って、壁のキーパネルから部屋の鍵を取り、俊也に渡してくれた。

部屋に入って、サブバッグをテーブルの上に置いた。ずいぶん濃密な一日だった。もう東京を出てから数日たったような感覚さえある。でも、今朝羽田を発《た》ってきたばかりなのだ。

風呂に入るか、とも考えたが、やめにした。明日でいい。明日は午前九時十五分に郡府日日新聞の編集部に出向く約束があるが、小さな街だ。東京のように、移動に何十分もかかるわけではない。ゆっくりできる。

俊也はベッドの上に用意されていた寝間着に着替えると、小さな冷蔵庫から缶ビールをひとつ取り出し、ベッドの上に身を横たえた。

きょう一日に聞いたことを振り返りながら、缶ビールを半分ほど空けたときだ。壁ごしに、何かひとの声が聞こえた。昼間ここを出るとき、ひとの気配のあった部屋のほうだ。誰かが何か叫んだようにも聞こえた。俊也は耳をすました。

喧嘩《けんか》？　隣室にはカップルが泊まっていたのか。いや、どちらかの叫びだったとしても、それほどの切迫した響きはなかったように感じたが。

俊也は、ベッドの上で少し壁に身体《からだ》を寄せた。またその声が上がった。叫び声ではない。男の声。悲鳴。いや、悲痛なため息と聞こえた。何か辛《つら》いできごとを思い出して、思わずもらしたような声だ。

そのあとはもう、声は聞こえなくなった。

俊也は缶ビールを飲み干すと、トップシーツの下に身体を入れて、目をつぶった。

第八章　幽霊船奇譚

シャワーを浴びて、一階の食堂に降りたのは、午前八時を少しだけ回った時刻だった。テーブルが壁に沿って四卓ずつ並んだ空間だった。もっとも奥に、パンやハム、チーズ、ドリンク類が載ったテーブルがある。コーヒーメーカーと、トースターもあった。しかし電気釜や味噌汁《みそしる》の大鍋などはない。

俊也は二度、ヨーロッパを旅行したことがあるが、そのとき泊まった小ホテルの朝を思い出した。つまりここは完全にコンチネンタル・スタイルの朝食を出すホテルというわけだ。パンとハムとコーヒーの朝食を出すだけなら、朝食のために調理人を雇う必要もない。宿泊料を抑えられる。もっとも、どうしても朝は米の飯を食べたいという客には不評だろう。

あるいは、コンチネンタル式の朝食というのは、単にコスト削減を狙っているわけではないのかもしれない。かつては運河町倶楽部のような大手の旅館とかとの競合もあったろう。いまだって、この街にはいくつかビジネス・ホテルがある。そうした競争相手と真正面から戦おうとすれば、建物も古いこのホテルはかなり不利になる。だから運河町ホテルは、そうした宿泊施設とはちがう客層を相手にするため、この朝食を採用しているのかもしれなかった。俊也が予約するときは朝食のスタイルまでは意識していなかったが、たしかに和式の朝食が出ないとなれば、敬遠する客も多かろう。この街の現場に通うような出張客は避けるだろうし、中高年の団体客も嫌がる。結果として、多少外国旅行に慣れた客が泊まることになるし、相対的に外国人客も多くなるだろう。もっとも、いま食堂には外国人と見える客はいない。ふた組の確実に日本人とわかる中年のカップルと、ひとりの男性客がいるだけだ。

　新聞を読みながらゆっくりと朝食を取り、いったん部屋に戻った。八時四十分になっていた。俊也はジャケットを着て、サブバッグを肩から斜めがけし、あらためて部屋を出た。レセプションの前を通るとき、カウンターの内側から久保があいさつしてきた。

「よくおやすみいただけましたか？」

「ええ」と答えてから、俊也は久保に訊《き》いた。

「お隣りの部屋は、どういうお客さんなんですか？」

　久保はかすかに困惑を見せた。

「何かご迷惑でも？」

「いえ。ただ、なんとなく気になっただけです」

「その、大きな声を出すとか、物音を立てるとかということでしょうか?」

「いいえ、全然大きな声なんかじゃないんですが、かすかに悲しげな声がもれてきたように感じたものですから」

「長いこと、ですか?」

「一度だけです。でも、わたしはテレビもつけていなかったし、静かな中で何かお隣りさんがちょっぴり泣き声を上げたのかなと感じたものですから」

「長期滞在中のお客さまなんです。注意をお願いしておきます」

俊也のほうがあわてた。

「そんな必要はありません。べつにうるさくて言ったわけじゃないんです。ただ、どういうお客さんなのかと、ちょっと気になったというだけです」

「ほかにも何か騒音など」

「ちがいます。ただ、昨日出るときに、ドアがかちりと閉まって、シャイなひとが泊まっているのだなと思ったこともありまして」

「シャイ。そうですね。そのとおり、ひと見知りするお客さまです。ですから、あまり隣りの部屋にご迷惑をおかけしたりすることもなかったんですが」

「ほんとうに、何も迷惑ではありません。これは苦情ではないんです。好奇心というだけです」

久保はようやく、懸念を晴らしたようだ。

「もしどうしてもお気になるようでしたら、お部屋を替えますので」

「あのままでかまいません。でも、長期滞在というと、数カ月とか」

詮索し過ぎたかと思ったが、久保は答えた。

「もう一年近くになります」

「一年。住んでいるようなものですね」

「はい」

それが男性なのか女性なのか、またどんな職業の人物なのかも気になった。でも、久保だって職業上、あまり泊まり客のプライバシーや属性について語るわけにはいかないだろう。俊也はそこで切り上げ、久保に黙礼してホテルの外に出た。

薄曇りの空だった。少し肌寒い。川の方角から風が吹いているようだ。この季節の北海道の気候を甘く見たかなと、俊也は思った。軽いコートかアウトドア・ジャケットが必要であったかもしれない。

昨夜歩いた三間運河沿いに南に下った。やはり、あたりの印象は昨夜とは一変して見える。大学の煉瓦塀も、プラタナスの並木も運河そのもののたたずまいも、好ましいものに思えた。昨夜は暗くひと気もなくて、なるほどいかにも衰退した街の裏通りと思えたが、いまはむしろ散策することが楽しいと思えるような通りだ。車の通行もなく静かで、煉瓦塀の陰影と、通りに影を落とす街路樹、運河の水面が映す柔らかな光。これがもし京都にある街並みだとしたら、「哲学の小径《こみち》」にも似たような愛称がついていたのではないだろうか。

大学の南端で右折した。道は鍛冶町通りだ。露人街に入り、レストラン白樺の前を通って、正教会前広場に出た。乳母車に手をかけた母親がふたり、バレリーナの銅像の前で談笑している。その脇を通って、音楽堂通りへ。さらにまた給水塔通りに入って、停車場通りへと出た。左手に少し歩けば、郡府日日新聞社のビルである。

停車場通りはさすがにこの時刻、人通りもあって、交通量も多かった。左手、鉄道駅方向から、大橋のゆるやかな坂を乗り越えて路面電車が下ってくる。ガタンゴトンという、郷愁を感じさせる音を立てていた。俊也はその電車が目の前を通り過ぎるまで待ってから、郡府日日新聞のビルへ向かった。

きっかり九時十五分に、俊也はビルのエントランスでインターフォンのボタンを押した。名乗ると、岡田の声があって、開いているという。

ドアを押すと、ドアは内側に開いた。

編集部が二階であることはわかっている。俊也は階段を上って、編集部に入った。

岡田は、奥のデスクの後ろの席で、パソコンと向かい合っていた。

彼はモニターから視線をはずすと、指をキーボードの上から動かさないままで言った。

「そこの応接セットに、当時のスクラップ・ブックを置いておいた。勝手に読んでくれ。すまんが、お茶も出せない」

「かまいません。ありがとうございます」

「原稿を書いているんでな。そっちの用件で質問なんかしないでくれな」

そうとうに面倒臭いという雰囲気だった。わかりましたと俊也は応えて、応接セットの椅子に腰を下ろした。

スクラップ・ブックは一冊だけだった。表紙に時期が記してある。昭和四十四年（一九六九年）から四十七年（七二年）にかけてのものだ。

俊也はそのスクラップ・ブックを開いた。最初の記事は、法科大学漕艇部の四月の艇おろしの記事だった。この土地では一月から三月までは川が結氷するのだ。漕艇の練習はできない。四月、新学期になったところで、氷も解けた川に艇を下ろし、シーズン最初のひと漕ぎをするらしい。その最初の日についての記事が出ていたのだ。

大学対抗戦の記事、インカレ出場の記事、そして全日本選手権の舵《かじ》なしフォアで法科大学漕艇部が優勝した記事。ここまですべて、記事には写真はない。記録、事実だけを伝えたという印象の記事だった。

しかし漕艇部が凱旋《がいせん》したときの記事は写真つきだ。大学での祝勝会の様子。市役所市長室での報告会の様子。それに漕艇部艇庫前での、キャプテン胴上げのシーン。どれも大きな扱いの記事となっており、写真がついている。

つまりこの街では、その優勝までは漕艇部はさして関心も持たれず、どんな活動をしようとさしてニュース価値はないものと思われていたということなのだろう。

オリンピック、という言葉は、市長の歓迎あいさつの中で使われていた。札幌冬季オリンピックの三年前であり、昨日の岡田の言葉では、再興の契機にできないかと街の有力者たちがオリンピックに期待していた時期だった。その市長の発言をきっかけに、街からオリンピック選手を出そうという機運が盛り上がっていったということなのだろう。ただし、大学のほうは、さほど舞い上がってはいない。祝勝会での学長のあいさつにも、その直後のインタビュー記事の中にも、オリンピックという言葉は出てきていなかった。ただ、猛練習に耐えて素晴らしい成績を収めた学生たちを讃《たた》えているだけだ。私立大学ではないのだし、学長のその冷静な対応は当然といえば当然かもしれない。

凱旋以降、スクラップ・ブックには、記事の量が増えてゆく。漕艇というスポーツについての解説記事もあったし、漕艇部の日頃の練習について、いわば密着ルポしたような連載記事もあった。

ひとに焦点を当てた企画のインタビュー記事では、キャプテン、舵なしフォアに出場した四人、それに女子マネージャーたちがそれぞれ取り上げられている。つまりこれらの漕艇部員たちは、地元の名士になったということだ。

さらに、市民のあいだに勝手に後援会を作る動きがある、という記事。同じ記事の中で学長は、漕艇部だけにそのような後援会を作るのは控えて欲しいと語っている。大学の体育会全部を後援してくれるのならありがたいのだが、と。

また市民有志が、新艇購入のための募金を始めようとしているという記事もあった。これもたぶん大学側が拒んで実現しなかったのだろう。新艇が贈られたという記事は見当たらなかった。

九月、十月、十一月と、同じ程度の数の記事があった。ひと月に七、八本だ。小さな街の、それもこの当時週二回発行の新聞としては、ずいぶん積極的に漕艇部と漕艇競技を取り上げていると言える。

しかし、翌年春からはまた記事の量が減った。四月の艇おろしの記事。そして大学対抗戦、インカレの記事。どれも写真もなしの、せいぜい十行程度の文章だけになっている。まるで優勝以前のような扱いだ。この年は漕艇部は好成績を収めてはいないのだろう。全日本出場の記事もない。十月、十一月にはまた一本の記事もなかった。

翌年四十六年も同じだ。四十七年も。法科大学漕艇部はとつぜん人気を失った芸能人のように、なかば忘れられている。このスクラップ・ブックを読むかぎりでは、市民も四十四年限りで漕艇部のことに興味を失《な》くしたかのようだ。負けても、成績が悪くても、人気のある地元の大学体育会のことなら、もっと大きな記事になっていたはずだ。

もう一度スクラップ・ブックを読み返した。記事が極端に少なくなるのは、四十五年に入ってからだ。一月から三月にかけては一本の記事もない。漕艇部が人気を失くすようなことが、四十四年の十二月から翌年春にかけて何かあったのだろうか。

俊也はインタビュー記事に出てきた漕艇部員や監督たちの名前を、すべてメモすることにした。

ノートに書き写していると、女子マネージャーのひとりが、石黒美加だった。ただ、石黒美加は、マネージャーのさらに補佐という立場だったのだろうか。単独のインタビュー記事も写真もない。

父の名前は、漕艇部員のひとりとして、記事のふたつに出てきた。でも主役級の取り上げ方ではない。父は舵なしフォアの選手ではなかったし、さほど注目の部員というわけではなかったようだ。

メモを取り終えてノートをサブバッグにしまうと、岡田が声をかけてきた。

「終わったか?」

俊也は岡田に目を向けた。彼はデスクの向こう側で、老眼鏡を半分下げてこちらを見つめている。

「はい。ひとつだけかまいませんか?」

「質問はするなと言った」

「四十五年になって、岡田さんが大学漕艇部に関心を失くした理由は何です?」

「わたしが関心を失くした? どうしてそう思う?」

「記事がいきなり減っていますから」

「弱くなった。取り上げる価値もなくなったんだ」

「インカレ地区大会までは、もっと盛り上げる記事があってもよかったでしょうに。新学期最初から、この新聞は漕艇部を取り上げないと決めたかのようです。記事はまるでニュースリリースを書き写したように素っ気ない。岡田さん自身の原稿だと思いますが、その前の年の記事の熱さと較《くら》べて、文章は冷めきっています」

「そんなことまでわかるのかね」

「記事の量を見ても、その傾向はわかります。大学漕艇部を取り上げることが、まるで迷惑になったかのような冷淡さです」

「わたしは、当時は新米だった。デスクの言うままに書いたし、どの程度の記事にするかということもデスクや社長の判断だった」

「ほんとうはもっと書きたかったんですか？」

「ほんとうに書きたいことは別にあった」

「大学漕艇部についてではなく？」

「大学漕艇部についてさ」

意味がわからなかった。

俊也は首を傾《かし》げて訊いた。

「大学漕艇部の何か別のことについてなら、書きたかったんですか？」

「そうだ」

「でも、上のひとに書かせてもらえなかった」

「そういうことだ」

「何か、競技や大会とは別のこと、という意味ですね？」

「まあな」

「編集部が岡田さんに書かせなかったことについては、理由があるのでしょうね」

「うちはローカル紙だ。紙面と読者とのあいだが近い。地元住民への記事の影響力は、東京で全国紙が持っているものとは段違いだ。地元ネタでも、これは書かないという判断はしばしばある」

「ですからその理由は？」

「街に不利益になる。関係者にとっては大打撃。それを、地元住民と良好な関係を作っておかねばならない地元紙がやるべきじゃない」

どういうことか、想像できるのはひとつだ。俊也は思い切ってその言葉を口にした。

「漕艇部で、何か不祥事があったんですね。もしこれが高校野球部なら、甲子園出場は駄目となるような」

岡田は黙ったままだ。返事をしない。しかし否定しなかった。そうじゃないと、俊也の想像を打ち消さなかった。ずばり、ということだ。

「いまでも、それを書くことはできないんですか？」

「無理だな」と岡田が首を振った。「まだまだ関係者は少なくない。大学もあるし、漕艇部も残っているんだ」

「佐久間美加さんの自殺も、原因はその不祥事に行き着くのですね？」

「そんなことを、わたしが言ったか？」

「いえ、わたしが勝手に思ったことです。岡田さんは、そうほのめかしているように聞こえます」

「あんたが親父《おやじ》さんの大学時代のことを知りたいというから、そのスクラップ・ブックを引っ張り出してやっただけだ」

俊也はもうひとつ思い切って訊いた。

「その不祥事に、父は関係していますか？」

岡田の返事が遅れた。岡田は俊也を見つめ、一瞬迷ったような表情を見せてから、答えたのだ。

「いいや」

岡田が答えた。

「いいや」

その答え方でわかる。

岡田は「不祥事」なるものの実態をすべて承知している。当時の法科大学の漕艇部で昭和四十四年の冬から翌年春にかけて何があったのかを承知している。だからいまの俊也の問いにきっぱりと、いいや、と答えることができたのだ。

俊也は、岡田に訊いた。

「父が死んでいるんです。どんな不祥事があったのか、教えてはいただけないでしょうか」

岡田は目をそらし、いらだたしげに言った。

「関係ないと言ってるのに」

「父は漕艇部の仲間の葬式に出るため、この街にやってきているんです。完全に無関係だったら、そもそも葬式に出ることもなかったでしょう」

「あんたの親父さんがどんな気持ちで葬儀に出たのか、わたしは知らない」

「葬儀に出たあと、父はそのままこの街に居続けて、泥酔して運河に落ちて死にました。まったく無関係なら、父のそういう振る舞いは不思議すぎます」

「いいかい」岡田の声の調子が強くなった。「たしかにわたしは、漕艇部で何があったか、多少のことは耳にした。だけど、あんたの親父さんとの関わりのことは知らない。わたしはあんたの親父さんが死んで警察発表があったときも、親父さんが法科大学の卒業生だとは思い出さなかった。その程度に、親父さんは無縁だよ」

岡田は目をパソコンのモニターに向けて、キーボードを打ちだした。もう会話は終了、切り上げてくれ、という意味のようだ。

俊也は少しのあいだ岡田を見つめていたが、彼はすっかり拒絶的だ。表情も、身体《からだ》も、こわばっている。気持ちは動かせそうもなかった。俊也はあきらめた。

「どうも、お手数かけました」

立ち上がってから、思い出した。

父が佐久間美加の死と葬儀のことを知った理由の件だ。硝子町酒房の佐久間が連絡したのではない。佐久間美加の死と葬儀のことを知った誰かが、父に連絡したのだ。佐久間の話では、葬儀はごく内輪だけで営まれたというし、佐久間も父には連絡していない。となると、父に連絡することのできた人間は限られる。少なくとも、漕艇部つながりという関係を知っていて、父の連絡先も把握していた人間ということになる。佐久間美加の死と葬儀のことを知り得たのだから、この街にいる誰かという可能性が高くないか？　少なくとも北海道のほかの都市や本州在住の人間ではないだろう。

俊也は岡田に訊いた。

「もうひとつだけ、質問させてください。当時の漕艇部の関係者で、この街に住んでいるひとは佐久間さん以外に誰かいますか？」

岡田は、顔を動かさずに目だけを俊也に向けてきた。

「よくは知らない。だけどいてもおかしくはない。法科大学の卒業生は、以前は毎年十人も二十人もこの街で就職したんだ」

ほんとうに知らずにそう言っているのかどうか、わかりかねた。でもやはり、いてもおかしくはないのだ。たとえ岡田の頭には、漕艇部出身者としては意識されていなくても。

もう一度礼を言って、俊也は編集部の入り口へと向かった。

昨夜は気に留めなかったが、ドアの脇にコルクボードがあって、新聞や雑誌の記事の切り抜きなどがピンで留めてある。新聞記事は郡府日日新聞のものではなく、他紙のもののようだった。そのひとつに、こういう見出しがあった。

「三間運河活用の途を探る。

大学教授ら提言」

三間運河を有効利用しようという動きがあるようだ。

俊也は立ち止まり、振り返って岡田に言った。

「そういえば、昨夜遅くに三間運河の横を歩いたんですが」

岡田はキーボードを打つ手を止めて、俊也に顔を向けてきた。

「まだあるのか」

「変わった船を見ました。ご夫婦らしき男女が乗っていましたが、三間運河ってまだ使われているんですね」

岡田は目を丸くした。

「見たのか?」

「ええ。街のひとが乗っている船ですよね?」

「どんな船だった?」

「小型の船です。荷物でも運ぶ船みたいで、後ろのほうに操舵室《そうだしつ》がある」

「夫婦が乗っていた?」

「ご夫婦らしき男女でしたよ」

「色とか、船名とかは?」

「色は黒っぽく見えました。船名まではわからなかった。この運河はまだ実用に使われているのかと思いましたが、どういう船でしょうね？」

「幽霊船だ」と岡田が言った。

「え？」俊也は意味がわからずに訊き返した。「なんと？」

「幽霊船。音がしなかったろう？」

「そういえば」

エンジン音が聞こえなかった。まるで惰性で動いているかのように、あの船は水面を滑っていったのだった。

岡田がまた訊いた。

「誰か一緒に見たか？」

「いいえ。ひとりでしたが」

「あんたはこの街にきたばかりか？」

「ええ。昨日着いたんですが」

「わたしは、その幽霊船を見るまで、一カ月かかったぞ」

「どういう意味なんです？」

「そう簡単には目撃できないものだってことさ。転勤族や学生などには、この街に住んでいるあいだに一度も目撃しない人間もいるんだ」

わけがまったくわからないままに俊也は訊いた。

「幽霊船という愛称の船があるんですね？　実在しているんですね？」

「いいや。明治も終わりころに沈んだ船だ」

「沈んだ？　事故で？」

「同業者たちとトラブルがあったと伝わっている。船底に穴を空けられ、ふたりが乗ったまま船は沈んだんだ。東運河で」

「そんなに昔の船のようには見えませんでしたよ。ふたりの格好も、和服じゃなかったし」

「見る者によって、船の様子は違って目に映るんだ。わたしは先にその幽霊船の話を聞いていたから、いかにも明治の艀《はしけ》ふうの船に見えた。和服の作業着姿の男女が乗っていた」

「それは、わたしが見た船とは違いますよ。だいいち、昔そういう船があったとしても、いまのわたしがその幽霊や幽霊船を見る理由がないじゃないですか」

「街になじんでくると見えるんだ。街の昔のことなどに興味を持つようになると」

「たしかにわたしは、街の過去のことに興味を持っていますが」

「やってきたその夜に目撃したんだから、その興味はそうとうのものだってことだ」

俊也はふいに思いついて言った。

「わたしをからかっていますね？」

「まさか。運河町の幽霊船。有名な話だ」

岡田は立ち上がり、デスクの背後の書棚から一冊の本を抜き出した。

俊也はもう一度応接セットまで戻った。岡田がデスクの上にその書物を置いた。

タイトルが読めた。

『明治浪漫　運河町の酒楼にて』とある。

昨日、図書館でも見た本だ。

岡田があごで本を示して言った。

「大正時代に入って書かれた周遊記だ。その幽霊船のことが活字になっているのは、それが最初だな。著者は、運河町の幽霊船伝説としてその船のことを書いている。ご本人は見ていないが」

俊也はその本を手に取った。目次に「運河町の幽霊船奇譚《きたん》」とある。

そのページを開いてみると、たしかにいま岡田が口にしたとおりの話が記されていた。

荷船の船主である真島幸三《まじまこうぞう》が、同業者と組んで傭船料《ようせんりょう》の値上げを北海道炭礦《たんこう》汽船に対して要求した。北海道炭礦汽船は拒否、真島に対しては嫌がらせが行われるようになった。真島幸三とチセの夫婦は、借家からも追い出されて、船の中で暮らすようになった。そんなある夜、東運河に係留されていた船が沈没したのだという。船底に穴を開けられたのだ。乗っていた夫婦は溺死した。北海道炭礦汽船がやくざ者を使ってやったことだと噂《うわさ》されたが、犯人は捕まっていない。しかしそれ以来、深夜の運河に夫婦の乗る船が出現するようになった。音もなく運河を航行して、静かに闇の中に消えるのだ。著者は、その噂を街の住人の何人もから聞いたこととして記していた。

読んでから、俊也は言った。

「幽霊船伝説があるのはわかりましたが、幽霊たちは何のために現れるんです？　恨みを晴らすため、じゃないですよね。無関係の者の目にも映るんですから」

「幽霊の気持ちなんぞ、わたしが知るか。ただ、幽霊だけど怖いことをするわけじゃない。過去に興味を持った者に、あいさつでもしにきたつもりなんじゃないか」

「あれはわたしへのあいさつだったんですか？」思わず皮肉が出た。「ごていねいに」

「この街の古いことを調べて書くなら、こちらの事件もぜひ、という誘いなんだろう」

調べて書くなら？

俊也は気づいた。まだ岡田は、俊也のことをルポライターか何かの記者と疑っているのか？　取材で法科大学漕艇部の不祥事のことを調べているのだと。もっとも本人が新聞の主筆だ。そばに好奇心の旺盛すぎる人物を見たら、関連業界の人間だと誤解するのは無理もないことかもしれないが。

俊也は本をデスクに戻して言った。

「たしかに、この街の過去には、面白いことが詰まっていそうですね」

岡田は反応しなかった。視線はまたモニターに戻っていた。

俊也はあらためて黙礼してから、編集部の部屋を出た。

郡府日日新聞社のエントランスを出て、俊也は途方に暮れた。

法科大学の漕艇部で、どうやら何か不祥事があったらしいことはわかった。岡田の言葉から、父はその不祥事に直接関係はしていないと信じることもできる。ただ、父が佐久間美加の葬儀にやってきたのは、やはりその不祥事に何かしらのつながりがあるせいだったのではないか。佐久間美加がかつて自分が所属した部の女子マネージャーだったから、というだけでは、妻にも告げずに葬儀にやってきた理由としては薄弱だ。非難されるような関わりではなかったかもしれないが、関わり自体は確実にあったのだ。

俊也は、目の前を通ってゆく路面電車を無意識に目で追いながら思った。

父に佐久間美加の死と葬儀を連絡した人物。

それは、確実にこの街にいる。漕艇部員だったかどうかまではわからないが、父と佐久間美加との関係を知っている人物だ。大学の同級生かもしれない。

佐久間も、父の葬儀出席には驚いたようだった。そしてもし葬儀列席者の中に連絡した人物がいれば、佐久間も気づいたろう。つまり、その人物は、葬儀に出席するほど佐久間夫妻とは親しくはなかった。佐久間夫妻のほうがむしろ、当時の大学関係者やもとの漕艇部員たちを敬遠し、距離を置いていたのかもしれない。だからごく身内だけで、という葬儀になったのだ。

ただ、父に連絡したその人物は、葬儀の情報だけは耳にした。郡府日日新聞には、葬儀の告知は載ったのだ。つまり葬儀の情報自体には、街に住む者であれば接していた。そうしてその人物は、父には連絡すべきと思いついた。

ということは。

その人物は、漕艇部で何があったかも知っていたのだ。

それは誰なのだろう?

佐久間は葬儀の場に姿を見せた父を見て、連絡できる人間の顔を何人か思い浮かべることはできたのではないか。小さな街なのだ。まったく心当たりがないということはありえまい。たとえふだん佐久間とはつきあいのない人間であってもだ。

佐久間に訊いてみるか。

いいや、と俊也は首を振った。何があったのかを語ろうとしなかった佐久間にそれを訊《たず》ねても、答が返るはずもない。

時計を見た。午前十時前だ。

思いつくまで少し散歩をしよう、と俊也は考えた。街の様子を眺めているうちに、何かアイデアがひらめくかもしれない。

停車場通りを北に歩き、市立図書館前の道を渡った。市立図書館の脇の小路を進めば、船着場に出る。船着場の横から、川岸を東方向に歩くことにした。途中には、漕艇部の艇庫がある。

川岸まで出ると、川風が少し涼しかった。

幅の広い川の下流方向に、二艘《そう》のボートが見えた。一艘には四人、もう一艘には八人の漕《こ》ぎ手が乗っている。競技用ボートだ。川下に向かっている。法科大学漕艇部のボートかどうかはわからなかった。この川では、たしかいくつもの大学や社会人漕艇部が練習をしているはず。目の前で練習をしているからと言って、必ずしも法科大学の漕艇部のものとは限らない。

川岸の堤の上の遊歩道を東に歩いた。またボートが見えてきた。川の向こう岸近くにあって、ほとんど動いていないように見える。前後がくるりと丸まったような形をしていた。カナディアン・カヌーというタイプだろうか。男がひとり乗っている。

視線をそのカヌーのうしろに移すと、もう一艘のカナディアン・カヌーが見えた。こちらは自然な木肌の色をしている。ふたりは川岸近くで舟遊び中らしい。このあたり、いまは川の本流と切り離されているから、流れはほとんどない。舟遊びや漕艇には格好の場所なのだろう。

百メートルほど歩いてゆくと、法科大学の艇庫の前まできた。艇庫の前に青年がふたり立っている。法科大学の学生だろう。艇庫の前にはウェイトトレーニングの器具がいくつか並んでいた。

ひとりと目が合ったので、俊也は艇庫のほうに下りた。とくに何か当てがあるわけではないが、少し雑談ぐらいしてもいい。その中にこれからやるべきことのヒントでも見つかるかもしれない。

ひとりが、何か用事でもと言うように首を傾《かし》げてきた。脂気のない髪で、Tシャツの下の筋肉がたくましかった。

「こんにちは」と俊也はあいさつしてから言った。「旅行中なんですが、いま左手に見えるボートは、こちらの大学のですか?」

　学生が微笑して答えた。

「うちのです。エイトと、舵なしフォア。練習中です」

「法科大学は、ボートが強いんだそうですね?」

「そんなんでもないですけど、このとおり練習場所に恵まれていますからね」

　さすがに、四十年以上前の漕艇部の不祥事について知っているかとは訊けなかった。

　代わりに、俊也はいま目についたものを話題にした。

「川にはカナディアン・カヌーも見えるけれど、カヌーをするひとにも、ここは人気なんですか?」

　青年はうなずいた。

「この街にはけっこうカヌー好きが多いですよ。カヌー工房があるから、自分のカヌーを持ってるひとも多いし」

「カヌー工房?」

「ええ。舟造ってるひとです。本業は家具作家なんですけど、注文があればカヌーも造ってくれる」

　もうひとりの学生が一歩近づいてきて、いくらか誇らしげに言った。

「うちの部の先輩ですよ」

　俊也は驚いた。法科大学の先輩で、元の漕艇部員で、家具作家? 法律を学んだ学生としては、ずいぶん珍しい生き方をしている。

その思いが顔に出たようだ。

相手が言った。

「ボート漕いでるうちに、木製のボートを造ることのほうに興味を持ったんだとか。たしか職業訓練所の木工コースに入り直して、けっきょく家具作家になったんです。カナディアン・カヌー造りはなかば趣味らしいです」

「漕艇に使う舟って、木製だったんですか？　ずいぶん軽そうに見えるけれど」

「いまはＦＲＰですけど、そのころは木製だったそうです」

ということは、先輩というのはかなり年配者なのか。いつから競技用のボートがＦＲＰ製になったのかは知らないが、ここ十年とか二十年ということはないだろう。

「大先輩なんですね」と俊也は確かめた。

最初に話したほうの学生が言った。

「ええ。先輩はもう六十超えているんじゃないかな」

六十歳を超えている！　ということは、昭和四十四年ころの漕艇部を知っている人物かもしれない。

俊也は自分が興奮してきたかと意識しつつ訊いた。

「その工房っていうのは、どこにあるんですか？」

学生は振り返り、東方向に目をやりながら言った。

「東運河のほうですけど、カヌーに興味あるんですか？」

「ええ。木製家具とかにも。販売もしているのかな」

「工房の一部が店になっていますよ」

「なんという工房なんです？」

「運河町家具工房」

「そのままの名前なんですね」

学生は笑った。

「たしかにそうですね」

「東運河のほうに行けばわかりますか？」

「東運河の一本内側の通りが、製材所通りって言うんです。会議所通りから折れて、二町ぐらい行ったところにあります。石造りの倉庫を工房にしているんです」

「行ってみますよ。その先輩のお名前は？」

「原島《はらしま》さんです」

俊也は礼を言うと、艇庫の横の小路へと歩いた。ここを南に抜けると、会議所通りである。製材所通りは、会議所通りを東に進み、三間運河を渡った先ということになる。

第九章　製材所通り

製材所通りは、東側にずらりと倉庫が並んだ街路だった。その向こう側は東運河だ。倉庫はつまり、裏側を通りに向けていることになる。倉庫はほとんどが石造りで、一部にコンクリート造りが混じっていた。通りの西側には、事務所ふうの建物が多い。車の通行は少なかった。

二ブロックほど歩くと、ひとつの倉庫の石の壁に木製の看板がかかっていた。書棚の棚板ほどのサイズで、「運河町家具工房」と記されている。幅五間ほどの倉庫を丸ごと使っているらしい。大きな木製の扉があるが、窓はなかった。

扉の脇に、鉄を打ちつけたドアがある。このドアには、まな板ほどの大きさの木製プレートがかかっていた。

「ショップをご自由にご覧ください」と、手書き文字。

俊也はそのドアのノブを回した。ドアは奥に開いた。

中は少し暗めの照明の空間で、木の香りがした。天井が高く、床はコンクリートの三和土《たたき》。椅子やテーブル、チェストなどの家具が展示されている。天井からは、横に傾けたカナディアン・カヌーが吊《つ》るされていた。赤い塗装で、内側は透明のニスを塗っているようだ。木製だということをはっきり示している。

ドアのすぐ内側に、雑誌やリーフレット類を置いたテーブルがあった。俊也は工房の案内を手に取ってみた。原島という家具職人のプロフィールが載っていた。

「原島幸則《ゆきのり》

一九五一年　帯広生まれ。

郡府法科大学を卒業後、家具作家を志して札幌職業訓練所木工コースに入学。修了後、旭川の北斗家具に入社、木工家具制作に携わる。一九七九年、イタリア・ミラノのアントニオ・ボネットの工房で研修を受ける。帰国後の一九八二年独立、札幌で原島木工所を設立。八八年、グッドデザイン賞受賞。九〇年、郡府に移り運河町家具工房を設立して現在に至る」

五一年生まれということは、父より一歳下ということになる。昭和四十四年当時は、一年生ということか。現役合格していた場合だが。

そして原島が運河町に移ってきたのが、九〇年。二十二年前だ。父が死んだ年には、原島もこの街にいた。

リーフレットを畳んでから、手近のチェストに貼られていた値札を見た。かなりの金額だ。無垢材《むくざい》でていねいに造られており、デザインのセンスも洒落《しやれ》ていたが、おいそれと私立学校の教員が買えるような金額ではなかった。

店内を見渡すと、ショップの奥に大きなガラスの仕切りがあった。その向こうが、工房となっている。俊也はガラスの仕切りのそばに近寄った。

奥行きがある部屋で、大きな作業台や、木材加工の機械類が並んでいた。左手には、造りかけのカナディアン・カヌー。反対側の壁寄りには、ぎっしりと木材が立てかけられている。大きめの板も重ねられていた。なるほどこれだけの空間を札幌のような都会で確保することは、なかなか難しいだろう。空き倉庫の多いという運河町に原島が工房を移した理由にも納得がゆく。

奥の丸テーブルの向こうに、男が見えた。頭が薄く、顎ひげを生やした初老の男性が、身体《からだ》を横に向けて椅子に腰掛けている。原島なのだろう。テーブルの上にはコーヒーカップ。

ということは、原島はいま休憩中か。話しかけても、邪魔にはなるまい。

ガラスの仕切りの右手に、ドアがある。俊也はそのドアのほうに移動した。

ドアを押し開けてから、その場で声をかけた。

「ごめんください」

男がこちらに顔を向けた。

「はい」と、低い声。

「原島さんは、いらっしゃいますか?」

「わたしです。お待ちください」

原島が立ち上がり、機械や工具類のあいだを歩いてやってきた。厚手木綿の前掛けをしている。細身で、顔の線が鋭角的だ。いかにも繊細な仕事を得意とする職人ふうに見えた。しかし、極端に神経質そうな印象はない。

原島はドアのすぐそばまでやってきて言った。

「どれかお気に入りがありましたか」

接客にも慣れている口調だった。

「いえ、じつは家具のことではなくて」

「というと?」

「岩崎といいます。旅行者です。父がここの法科大学の卒業でした。もしや父をご存じかと思ったものですから」

原島は首をひねった。

「岩崎さん?」

「父は、岩崎裕二といいます」

「あ」と、原島が驚きを見せた。「岩崎さんの?」

「息子です。父をご存じでしょうか。父は漕艇部に入っていました。原島さんも、漕艇部出身と伺いました」

　原島は動揺した様子で視線をそらした。

　俊也は確信した。原島は父を知っているだけではない。何かそれ以上のことも知ってい
る。父に佐久間美加の死と葬儀のことを連絡したのは原島だ、と決めつけることはできな
いにしても。

　俊也が待っていると、原島が困惑した顔で俊也を見つめてきた。

「お父さんのことで、何か？」

「ご存じですか？」

「ええ。知っています。大学の一年先輩でした」

「漕艇部でも？」

「ええ」

「父は二十年前、この街での葬儀に出るためにやってきて、そのあとしばらくこの街に滞
在した後、運河に落ちて死にました」

「お気の毒です。知っています」

「じつを言いますと、当時父は母にも何も告げずにこの街に来たのです。残された母とわ
たしは、父は失踪したのかと心配しました。そしてこの街の警察から死んだという連絡が
きて、ようやくわたしたちは父がどこにいたのかを知ったんです」

「痛ましい事故でしたね。街の新聞記事を見たので覚えていますが」

「わたしは、父がなぜ、佐久間美加さんというひとの葬儀に出るため、この街にやってきたのか、それを知りたくてこの街に来ているんです。母も法科大学の卒業ですが、先日亡くなりました。母は何か知っていたのかもしれないのですが、生前は何も教えてはくれませんでした」

原島はまた難しい顔になって、横を向いた。俊也との会話を拒絶しているというよりは、どう対応すべきなのか、困っているという様子だ。

「もし」と言いかけたときだ。

原島も何か言おうと口を開いた。

「その」

「はい？」

「ここは仕事場です。突然そういうことを言い出されても、困るんですが」

それはもっともではあるが、俊也もいまあっさり引き下がるわけにはいかなかった。大胆な推測をぶつけた。

「父に、佐久間美加さんの自殺と葬儀のことを連絡したのは、原島さんですね？」

原島は目をむいたが、何も言わなかった。

ずばりだったのだ。

俊也は畳みかけるように訊《き》いた。

「原島さんが、父に連絡してくれたのですね？」

　原島は視線を床に落とし、唇を噛《か》んでから言った。

「余計なことをしました」

　やはり原島だったのだ。

「余計というのは、どうしてです？　父にはありがたい連絡だった。すぐにもこの街に飛んできたのですから」

「でも、その結果、岩崎さんは、この街で生命《いのち》を落とした」

「事故ですよね。泥酔して運河に落ちたと警察から伝えられています。べつに原島さんに責任があるわけじゃありません」

　原島はまた俊也を正面から見つめてきた。

「それをなじりに来たわけじゃないんですか？」

「まさか。なじるなんて。いまお話ししたとおり、父が佐久間美加さんの葬儀に出た理由を知りたいというだけです。父の死は、事故です。そのことについては、わたしの胸のうちでは解決はついています。ただ」

　原島が手を出して俊也の言葉をさえぎった。

「そっちで話しましょう」

　彼が顎で示したのは、ショップの奥のテーブルだ。展示品を商談用にも使っているのだろうか。俊也はそのテーブルに移動した。オリジナルらしき椅子が二脚、テーブルと組み合わせて置いてある。ひとつを引いて、俊也は腰を下ろした。原島が俊也の斜向《はすむ》かいに腰掛け、テーブルの上で手を組んだ。

話そう、と言っておきながら、原島は無言だ。テーブルの表面を見つめている。質問しろ、という意味なのだろうか。

俊也は言った。

「昭和四十四年に、漕艇部が全日本で部門優勝したことがありますね。舵《かじ》なしフォアで。オリンピック代表も出るかという盛り上がりだったようですが、そのあと漕艇部の活動は急に元気をなくしています。部員も減ってしまうし。当時、原島さんは部員だったんですね？」

原島は横目で俊也を見つめてからうなずいた。

「その年、一年生でした」

「あるひとから、漕艇部では不祥事があったのだという話を聞きました。廃部とか、対外競技出場禁止とかはなかったようですから、さほどひどいことではなかったと思うのですが、原島さんはその不祥事がどんなものかもご存じなんですよね？」

原島は、少し間を置いてから、短く言った。

「あとから知りました」

俊也は、わからなくなった。それは漕艇部全員を巻き込んだ、いや、別の言い方をすれば、漕艇部がクラブとして起こした不祥事ではなかったということか？　部員の一部は、あとになるまで知らなかったということであれば。

「どんなことがあったんです？」

原島が逆に質問してきた。

「佐久間さんには会いました？」

「硝子町酒房の？」

「そう」

「昨日お店に行きました。父が奥さんの葬儀に出たことは聞いたのですが、何も教えてはもらえませんでした」

「奥さんの死の事情については、どの程度知っています？」

「奥さんは重い鬱病だったのではないかと。これは佐久間さんから聞いたわけじゃありませんが」

「奥さん、旧姓で言えば石黒美加さんも、漕艇部員だった。大学は中退したけど」

「それも耳にしました。札幌に移って働いていたそうですね。札幌で佐久間さんと結婚し、佐久間さんがあのお店を引き継ぐことになったので、この街に戻ってきたとか」

「奥さんはこの近所の街の出身でしたからね。美加さんはそのころたぶん鬱症状が出ていたんでしょう。住むなら実家に近い方がいいということだったんじゃないかな。でも、結果として、この街に戻ってきたことは悪い方に働いたんだ」

「どうしてです？」

「嫌なことを、思い出すことになったろうから」

胸が苦しくなってきた。昨夜はまだ、父の秘密については、ただ好奇心があっただけだ。知らないほうがよいこともある、という意味の忠告も受けたが、それでも知ることについてのおそれやおののきも感じなかった。しかし。さきほど郡府日日新聞の岡田には、はっきりと、不祥事、と教えられた。不安が募ってきた。俊也は確認した。

「嫌なことと言うのは、その漕艇部の不祥事ですか？」

「たぶんね。美加さんとは親しかったわけじゃないんで、ほんとのところはわからないけれど」

「でも、あとになってから知ったと」

「ええ」

「何があったんです？」

原島はまっすぐに俊也を見つめてきた。葛藤しているように見える。答えてよいものか、どうか、逡巡《しゆんじゆん》している。表情にはかすかに憐憫《れんびん》も感じ取れた。気がつかないのか、と俊也に問うているようだ。それほどに鈍いのかと。

原島は言った。

「上級生たちが、後輩の女子学生をレイプしたんです。卒業前の追い出しコンパのときに」

「レイプ」

レイプ。上級生たちが。つまり、遠回しな言い方を避けるなら、輪姦《りんかん》？

奇妙なことに、その言葉にさほど衝撃を受けなかった。それは、まったく意外な言葉というわけではなかった。意識の深いところで、俊也はそれに思い至っていたような気がする。運河町でひとを訪ね歩いているときのどこかの時点で。それでも自分の身体が冷えたのがわかった。

原島が黙ったままでいるので、俊也は訊いた。

「美加さんが、被害者だったんですね？」

「そうです」

「上級生というのは、どういうひとたちなんです？」

「舵なしフォアの選手だった四人。四年生たちです」

「父は、関係しています？」

原島はきっぱりと首を振った。

「いえ」

安堵《あんど》したが、それを表情にすることは抑えた。俊也はさらに訊いた。

「その犯罪に、警察は動いたのですか？」

まるで自分の口調は検事のようだ、とも感じた。

「いいや。大学の内部のこととして、内密に処理された」

「示談とか？」

「詳しくは知りません。美加さんは、漕艇部の監督に相談したらしい。でも、加害者四人は大学のヒーローたちだ。卒業間近のことだから、就職先も決まっていた。教員や北海道庁、北海道のそうとうの企業なんかにね。大学は、穏便な解決をはかったのです」

「加害者たちを処分しなかったということですか？」

「しなかった。ただし、次の年度から、監督は交替した。漕艇部自体には、対外試合の禁止処分」

「隠密裏の処理なら、その処分の名目はどういうことだったんです？」

「下級生への飲酒の強要が日常的にあった、ということ。しごきも理由になったかな」

「追いコンのときにとのことですが、それは街の飲食店かどこかで？」

「漕艇部の艇庫の中です。二次会だった」

「艇庫？　川っぷちの？」

「ご存じですか。そうです。当時は合宿所のようにも使われていた」

俊也は先ほど河畔を歩いたときのことを思い出した。法科大学の艇庫があった。建物はそのころのものとは違うだろうが、場所は同じだろう。たしかにあの施設ならば、ある意味で密室だ。卑劣な犯罪の実行も可能に思える。それに体育会系の文化では、上級生への服従は絶対だ。暴行まで含めて、そこでは上級生たちがかなりのことをやり放題できる。

俊也は、いったん唾を飲んで喉を湿してから訊いた。

「父はそこにいたんですか？」

「二次会には行っていた」

「起こっていたことを知っていた？」

「いえ。事件は奥の部屋であった。艇庫の土間で飲んでいた部員たちは、そのとき奥で何が起こっているのか、知らなかった」原島は言い直した。「知らなかったらしい」

「らしい？」

「わたしもその場にはいなかった。あとから聞いた話です」

「その場にいたのは、部員のうち何人くらいなんです？」

「十数人だったんでしょう。四年生が中心」

「父はその年、昭和四十四年度の末であれば、二年生だったはずです」

「二次会ですから、下級生は少なかった。四年生たちも、一次会が終わったところで、下級生を追っ払おうとしていた。わたしを含めて、一年生たちは一次会だけで帰ってます」

「漕艇部員たちは、その事件のことをどの程度知っていたんです？」

「二次会に出た下級生たちも、その日は何が起こっていたか知らなかったようです」

「女子マネージャーがもうひとりいましたね。そのひとは、そこには？」

「彼女も酔いつぶされたらしい。マネージャーだったのは、三年生だった増田公子《ますだきみこ》って女子学生です。美加さんは二年生で、マネージャーのアシスタントだった」

「原島さんが事件のことを知ったのは、いつなんです？」

「新年度になってから、わたしはその噂を聞いた。美加さんはすぐに大学から姿を消した。大学が漕艇部に対して対外試合禁止、艇庫の泊まり込み禁止を申し渡してきたとき、部員たちのあいだで噂が流れたんです」

「父も、その噂を耳にしたはずですね？」

「ええ。ただ、岩崎さんは、その話題を向けられることも嫌がった。お父さんとは詳しく話はしていない」

「ほかの部員たちは？」

「その場にいなかった連中とは、噂やら憶測やらの話をしました。二次会に出た連中は、岩崎と同じ反応です。その話題になると、臭いものでも鼻先に突きつけられたように顔をそむけて、口をつぐんだ」

「知っていた、ということでしょうか？」

「そういうふうには思えなかった。あとになって知ったんでしょう。そんなおぞましい事件とは自分は関係ない、話題にもしてほしくないということだったのかも。当時の二年生、三年生は、けっきょくほとんどが退部しています。女子マネの増田さんもね」

「原島さんも」

「ええ」

原島は、天井に目を向けた。カナディアン・カヌーが吊《つ》り下げられている。原島が、同じボートの世界でも、漕艇競技ではなく木製ボートそのものに関心を移したのは、そのときだったということだろうか。

俊也は、確認した。

「誰も詳しいことを知らない。ということは、そのレイプ事件というのは、噂だけだったということはないのですか?」

原島はまた俊也に視線を戻して言った。

「いえ。ずっとあとになって、女子マネの増田さんから、彼女が卒業する直前、そのとき何があったかを聞かされましたよ。噂されていたのとほぼ同じことでした。彼女は、美加さんの相談にも乗っていた。すべて知っていたんです。自分はあの四人の先輩たちを許さないと、怒りのこもった声で話してくれたんです」

「追いコンの場で、そういうことができたものですか?」

原島は、俊也からまた視線をそらし、自分の家具作品に目を向けながら、ぽつりぽつりと話し出した。

それは三月初めのことで、卒業式をほぼ二週間後に控えていたという。まず追い出しコンパの一次会が、商工会議所二階のレストラン「外輪船」で行われた。監督、顧問ら大学教員も出席しての、いわば公式行事的な歓送会だった。とはいえ、舵なしフォアの選手だった四人は部のヒーローたちであったから、歓送会は例年にない盛り上がりとなった。

この歓送会がおひらきになるとき、二次会のことが四年生たちから知らされた。艇庫で、ざっくばらんにやるという。その二次会の案内は突然のことであったし、下級生部員に出席の義務は課せられなかった。下級生の半数近くは、この一次会だけで帰宅するか、街なかの飲食店に数人ずつで散った。

全部で十五人ぐらいの部員が艇庫に移った。このうち四年生が七人だった。女子部員は美加と、女子マネージャーの増田公子のふたりだ。艇庫の土間にコンテナでテーブルが作られ、酒と乾きもの中心の肴《さかな》がその上に並べられた。四年生が下級生に一気呑《の》みを命じるなど、場の雰囲気が次第に乱れていった。女子マネージャーの増田は、早めに酔いがまわり、つぶれてしまったという。飲まされた酒に何か薬が入っていたのかもしれないと、彼女は疑っている。

下級生たちも泥酔状態になってきたころ、美加も酔いのせいで倒れてしまった。四年生たちは、彼女を奥の物置で眠らせておくと、ふたりがかりで運んでいった。下級生の何人かがその様子を記憶している。

宴はそのあとも続いたが、美加はなかなか戻ってこない。しかも四年生の舵なしフォアの四人がかわるがわる奥の部屋に入っていっては、妙に意味ありげな言葉を吐きながら戻ってくる。その四年生たちが消えているのは、ひとり五分から十分前後という時間だったようだ。

下級生のひとりが、美加を心配して奥の部屋に入ろうとしたようだ。しかし四年生たちに追い払われてしまった。

深夜を回ったころ、四年生のひとりがおひらきを宣言。下級生たちは、数人ずつ艇庫を出て、自分たちのアパートなり下宿へと帰った。

つぶれて眠っていた増田も起こされ、美加を送ってゆくよう命じられた。美加は奥の部屋で泥酔して倒れていた。増田は美加の着衣がかなり乱れていることに気づいた。何かいたずらされたと直感した。美加の借りていた部屋までは数百メートルの距離だったけれど、四年生たちはタクシーを呼んでいた。増田はタクシーで市場通りにある美加の部屋に送り、美加をパジャマに着替えさせようとした。着衣を脱がせると、美加の手首や足、内腿《うちもも》などに青痣《あおあざ》が無数についていた。押さえつけられたときにできたものと思えた。暴行があった、と見るのが自然だった。増田は翌朝まで美加につきそい、目覚めた美加と相談した。美加も次第に泥酔中の記憶を取り戻し、自分が輪姦されたことを思い出した……。

原島は言葉を切って、また天井のカヌーに目をやった。俊也はしばらくは反応できずにいた。原島の言葉は抑制されていたし、生々しい言葉は使われなかったけれども、俊也には目の前にカラーの現場写真を突き出されたと同じだけの効果があった。動揺し、狼狽《ろうばい》した。

「そのあと」原島が、少し口調を変えて、続きを話しだした。事務報告のような声。「美加さんは増田さんに付き添われて、婦人科の病院に行った。美加さんの衝撃は大きかったけれど、警察には届けなかった。告発できるだけの精神状態ではなかったようだ。何日かたってから、やっとの想いで増田さんと一緒に監督に相談した。結果は、さっき言ったとおりです。学校側は、卒業を控えた加害者四人を処分することはなかった」

「そのことについて、調査はあったのですね？」

「あった。わたしも、学生部長から呼ばれて、二次会に出ていたかどうかを確認された。そのときは、何を調べられているのかわからなかった」

俊也は、少しためらってから訊いた。

「父がその場にいたということは、その暴行に何かしら関係していたということなのでしょうか？　加わってはいなかったにせよ、四年生たちを手助けしたとか」

原島は、首を振った。

「無関係だったでしょう。二次会に参加していた部員たちのほとんどは、四年生たちが奥で何をやっていたか、知らなかったのだから」

「だって、誰かが心配して、四年生と何かやりあっているんですよね。そうおっしゃいませんでした？」

「何かおかしいと思った部員はいた。でも、目撃したわけじゃない」

「女子学生の姿が見えなくなったら、全員が心配してもいい」

「まさか先輩たちが代わる代わるレイプしているなんて、ふつうは思いつかない。でも岩崎さんは、たぶんとても心配したひとりだ」

「四年生たちに追い払われたひとりですか？」

「ちがう。それが誰かは知っている。べつの部員だ」

俊也が次の質問を出しあぐねていると、原島は言った。

「いやな話でしょ。わたしも、正直なところ、思い出したくない。漕艇部員だったことさえ、わたしの大学時代の汚点に思える」

「でも、原島さんは美加さんが亡くなったことを知って、父に葬儀のことを連絡しましたね？　ほかの部員にもしたんでしょうか？」

「いいや。岩崎さんにだけ」

「どうしてです？　どうして父には、美加さんの葬儀を知らせるべきだと思ったんです？」

　原島は、いったん唇を噛んでから答えた。

「岩崎さんは、あの事件のことをいちばん気にしているように思えた。もっと言うなら、美加さんの次くらいに傷ついていたようにも見えた。三年生になってから、人柄さえ変わった。明るさや屈託のなさはなくなった」

「事件とは無関係なのに？」

「そう。その場にいて気がつかず、止められなかったことをずっと気に病んでいたのかもしれない。美加さんが中退したあとも、ずっと気にかけていた節があった。だからわたしも、美加さんの葬儀については、知らせるのがいいかなと思った」

　俊也は、父が何故そのように傷つき、性格までも変わったのか、その理由を理解しようとした。

　同じ漕艇部員の女子学生が被害者だったから？　原島の言うとおり、自分はその場のすぐそばにいたのに気づかず、結果として犯罪を見過ごしてしまったから？

たしかに感受性の強い時期の男が、そのことで自分のふがいなさを悔やんだり、無力感にさいなまれることはあるかもしれない。しかし、原島が言うような、人格が変わるほどの衝撃的体験となるだろうか。美加が壊れて都会の暗がりに身を落としたということは、たしかにひとつの殺人事件を体験したに等しいと考えることもできるが。

あるいは父にとっては、美加がそれほどに大切な存在だったから？　美加が傷ついたことは自分をも壊してしまったと同じことだったから？　葬儀のことを知って父は、家族にも行く先を告げずにこの街にやってきた。ほとんど衝動のように、と言っていいだろう。あるいは、無条件に反応してしまったかのように。いま思いついた理由は、ほんとうに父にそれだけのことをさせた理由になるのか？

俊也は訊いた。

「美加さんと父は、つきあっていたのですか？」

「いいや」と原島は首を振った。「そういう関係はなかったんじゃないかな」

「なのにその事件のあと、人柄さえ変わってしまったんですか？」

「直接あの事件がきっかけだったか、ほんとうのところはわからない」と原島は言った。

でも、父は漕艇部をやめ、もとの漕艇部員たちを避けた。一年後輩の原島とも、会話はおろか、視線さえ交わさなくなった。父が変わってしまったというのは、原島だけの印象じゃない、という。父と親しかったみんなが言うことだった。父本人から聞いたことではないけれど、原島はやはりその事件がショックだったのだろうと確信しているとのことだった。

「何か根拠でも?」

「事件から半年もたったときかな。たまたま札幌行きの国鉄で一緒になったときがある。その事件のことを話そうとすると、びっくりするくらいに激しく反応した」

「反応?」

「ぎょっとした顔になって、血の気が引いた。何を知ってるんだ? とわたしに訊いてきたんで、わたしは驚いた。何も、と答えると、やめてくれと怒鳴るように言って、わたしのそばから離れていった。快活で人好きのするひとだったので、わたしのほうが戸惑った」

「それだけ、ですか?」

「大学の行事にはほとんど出なくなった。講義に出て、図書館の決まった席に行って、夕方になれば下宿に帰る。いまで言う引きこもりに近い生活をするようになった。飲み会のようなところには絶対に参加しなくなったそうだ。先輩たちから聞いた話だけど」

運動部員が引きこもりになったとしたら、それはたしかに人柄が変わったと言えるのかもしれないが。

俊也の疑いに気づいたのか、原島が立ち上がって、パンフレットなどが置いてあるチェストの前に向かった。そこには何冊か写真アルバムも立ててあったが、原島はそのうちの一冊を持ってテーブルに戻ってきた。作品と経歴を紹介するアルバムだった。

彼が開いて見せてくれたのは、古いモノクロ写真を拡大したものだった。説明書きにこうある。

「このカヌーに触れたときが、木工に興味を持った最初だったかもしれません」

写っているのは、湖か大河に突き出た桟橋だ。カナディアン・カヌーが水面に浮かんでおり、ふたりの男が乗っている。桟橋にもふたりの男の姿。カヌーに乗っているひとりは若い原島だ。その向かい側に腰を下ろして、カメラに笑顔を向けているのは、父だった。屈託なく白い歯を見せている。俊也が一度も見たことのない表情だ。

原島が言った。

「近所にカナディアン・カヌーを持っているひとがいて、わたしが一年の秋かな、仲間と一緒に見せてもらいに行った。わたしと一緒に乗っているのが、岩崎先輩ですよ」

俊也は若い父の姿を食い入るように見つめた。たしかにこれが事件前の父がふつうに見せていた表情なのだとしたら、原島が言うとおり、人柄は変わったのかもしれない。事件は父からこの笑顔を奪って、ついに返すことはなかったのだ。

「岩崎さんは」と原島。「こういうことに誘いやすかった。好奇心が旺盛で、友人づきあいしやすいひとだった。でも」

言葉が途切れた。でも、に続くはずの言葉には想像がつく。原島が言っていることに間違いはない。原島は一年後輩という立場で、父の変化を見ていた。事件が、たしかに父を変えたのだ。

俊也は確認した。

「だから、葬儀のことを父に知らせたのですね？」

原島はうなずいた。

「美加さんが死んだことは知らないだろうし、もし気にしていたのなら、迷惑な連絡ではないだろうと思った」

「電話ですか？」

「いや、手紙。というか、葬儀を知らせる新聞の案内を、送ってやった」

もしかしてご迷惑な連絡かもしれませんが、と一筆書き添えたとのことだった。

「卒業して以降も、父とは音信はあったのですか？」

「なかったけれども、同窓会名簿で住所はわかっていた」

「葬儀にこの街にやってきたとき、父は原島さんとは会いました？」

「いいや、葬儀に出席したかどうかも知らなかった。運河に落ちて死んだという新聞記事を読んで、初めて来ていたことを知ったんだ」

「父と美加さんは、部員には秘密にしていたけれど、交際していたということはありませんか？　恋人同士だったと」

「そういう雰囲気はなかったな。交際していたとして、それを隠す理由もないだろう」

「美加さんには、ボーイフレンドはいなかったのですか？」

「そう思う。少なくとも、漕艇部の中にはいなかった。そういう話はまったくなかった。

あまり男を意識しているようには見えなかった。言っておくが、あの時代、大学には一学年三十人ぐらいしか女子学生はいなかった。女子はみな人気者だったけれど、だからといって美加さんには浮ついたところはなかった。真面目《まじめ》な女子学生だった」

「美加さんに対して片想いの部員はいたんでしょうか？」

「部員じゃないが、同級の佐久間さんが当時から美加さんのことを想っていたようだ。そのことをからかわれている場面を、見たことがあるな」

「問題の四年生たちは、美加さんとはどう接していたんです？　そういう事件を起こしそうな連中だったんでしょうか」

「いまから思えば、脳細胞より筋肉を鍛えることに熱心な連中だったよ。精力も持て余していたろう。札幌まで遊びにも行っていたようだ」

「風俗にでも？」

「さあ。ナンパなのか」

国立大学の運動部員で、その時代そういうことができるような学生は多かったのだろうか。遊び下手で野暮な学生というイメージしか想い浮かばない。そもそも父がそのような印象を引きずった中年男だった。

原島が続けて言った。

「いきなり地元のヒーローになれば、誘惑も多くなる。あっと言う間に、そっちの力も鍛えられる」

「ということは、街にも女性ファンが？」

「いたようだよ。だから」原島は、一瞬苦々しげな表情を見せた。「あんなことが許されると勘違いしたんだ」

「美加さんがどういうひとだったか、もう少し詳しく」

「警察の取調室みたいだな」

「父の変化の理由が、まだよくわからなくて」

「可愛《かわい》い子だった。キャラクターで言うと、妹タイプかな。マネージャーの増田さんがサバサバした姉さんタイプだったのと、好一対だった」

「体格は？　身長とか」

「小柄だった。一五〇少々だったろうか。体型も、選手じゃなかったから、アスリート・タイプじゃない」

筋肉質ではない、と言っているのか。それとも皮下脂肪が多めだったという意味か。

「加害者の四人は？」

「大きかったさ。身長はたぶんみな一八〇ぐらいあった」

俊也は立ち上がった。

聞かされたことの整理ができなかった。というよりは、まだわからない。漕艇部であったという不祥事が、集団レイプであることはわかった。衝撃的な事実ではあるが、そのことと父との関わりだ。原島の話では、まだ納得できない。父がこの街を訪ねて葬儀に出た理由も、葬儀のあとそのまま街に残って、まるで自分を傷めつけるかのように酒を飲んでいた理由も、わからなかった。

コンクリートを流した床を一往復してから、俊也は原島の前に立って訊いた。

「父と美加さんの死との関わり、ほんとうにその程度のことだったのでしょうか？」

「その程度と言うと？」

「事件を体験して、そのあと、人柄まで変わったぐらいなんです。何かもっと、深い関わりがあったように思うんですが」

「たとえば？」

俊也は、ふいに思いついたことを口にした。

「少しタイムラグがあるかもしれませんが、美加さんが大学から消えたあとに、父と何かがあったとか」

原島の目が大きくみひらかれた。そのことにはまったく思い至らなかった、という顔だった。

原島が黙ったままなので、俊也は自分の問いを整理してからもう一度訊いた。

「美加さんが大学をやめたのは、次の年度のいつごろなんですか？」

原島が答えた。

「新学期になってすぐだ。数日は姿を見た。暗い顔をしていた。すでに噂《うわさ》は学内に広まっていたから、みなは腫れ物でも扱うように接した。でもまったく学校に出なくなり、やがて長期欠席となって、いつのまにか下宿も引き払っていた。この街から去ったのは、たぶん夏休みに入る前だと思う」

俊也は郡府みどころマップを取り出し、美加の住んでいた下宿を教えてくれと原島に頼んだ。原島は、運河町の南東にある通りを指さして言った。

「たしか市場通りのこのあたりだ。下宿ではなくてアパートだった。もう建物はなくなっていると思う」

「わたしの父が住んでいたのは、どのあたりでした？」

「大学の北側だ。給水塔通りのこのあたりは、下宿街になっていて、学生が多かった。わたしもこの通りに住んでいた」

美加のアパートと父が住んでいた場所とは、距離にしておよそ三百か四百メートルというところだろうか。東京の感覚で言うならば、学生たちはとても狭いエリアに固まって住んでいたことになる。

「漕艇部の合宿所のようなところはなかったんですか？」

「なかった。小さな街だから、艇庫まで通うのにも近いし。ただ、艇庫には泊まることができる部屋はあったんだ。畳敷きの」

俊也はまた話題を戻した。

「父が変わったのは、正確にはいつごろからなんでしょう？」

「この瞬間から、とは言えない。新学期にはもう傷ついた様子だった。でも、人柄まで変わったと意識できるようになったのは、もう少しあとだな」

「夏休み以降？」

「いや。さっきの汽車の中の話、あれは六月だ。札幌に着いたらちょうど神宮のお祭のさなかだったので覚えている」

「ということは、父の人柄が変わったと原島さんが意識したのは、新学期になってからふた月たったくらいのこと、ということになりますか」

「そのころには、変化ははっきりしていたな」

「美加さんは長期欠席中ですね？」

「六月なら、そうだ。どうしたんだろうと話題になっていた。秋には、彼女はもうこの運河町にはいないと聞いた」

「その前後、父に何か大きな変化はありましたか？」

「人柄が変わった以上の？」

「ええ。たとえば、学校を休みがちになったとか。しょっちゅう札幌に行くようになったとか」

「いいや。学校にはふつうに出てきていた。休みのことは知らないが」原島はまた記憶を探るような表情を見せたけれども、やがて首を振った。「美加さんが消えたあと、美加さんと親しく行き来していたとは思えないな。少なくとも、わたしは耳にしていない。そういう噂が流れたこともない。そもそも美加さんがどこにいるのか、知っている学生はいなかったんだ。札幌にいたんだということは、ずいぶんあとになって聞いた」

となると、いま思いついた仮説は成立しないか。

俊也はもうひとつ訊いた。

「母は、旧姓が中道です。中道響子。大学の同窓生ですが、ご存じですか？」

「漕艇部員じゃなかったよね。親しかったわけじゃないけど、その後岩崎さんと結婚したという話は聞いた。つきあうようになったのは、卒業後のことだろう？」

「そう聞いています。父が東京で働き始めてからのことだと」

「当時は中道さんと岩崎さんには何の接点もなかったと思うよ」

原島は、申し訳なさそうな目で俊也を見つめてくる。役に立てなくてすまないということか。それとも、佐久間美加の葬儀について余計なことをしてしまってすまないということか。

カウベルの音がした。ショールームのドアが開いたのだ。中年の男女のカップルが姿を見せた。客なのかもしれない。

原島が椅子から立ち上がって、いらっしゃいとふたりに声をかけた。

男のほうが言った。

「作品を、見せていただいていいですか？」

観光客のようだ。

「どうぞ」と、原島がテーブルから離れた。

辞去するころあいだ。聞かせてもらう情報は十分だった。これ以上のことは、原島にももう記憶がないようであるし。

「いろいろありがとうございました」と俊也は原島に言った。

「余計なことを聞かせてしまったら、すいません」と原島。

「けっしてそんな」

俊也は黙礼し、カップルとは入れ違いにその木工工房を出た。

第十章　舗道と靴音

工房の外に出たが、次に行く当てはなかった。

でも漕艇部でその年に何があったかだけはわかった。父が卒業後ずっと気にしていたのがそのことであるのは、もう疑う余地もない。

あとはなぜ、父がそのことで人格が変わるほどの衝撃を受けたかということだ。父はその事件の当事者ではなかった。ただ、現場となった漕艇部の艇庫での追い出しコンパに、参加していたというだけだ。ほかの部員たちの多くが気づいてはいなかったのだから、父がその場にいたこと自体は、事件との関わりを証明してはいない。しかも美加とは特別なつきあいもなかったという。それだけのことでは、父がその事件で衝撃を受け、二十三年後に美加の葬儀にまで出席する理由にはならないだろう。それとも父は、俊也が知っている以上に繊細な男だった？　事件を知らずにその場にいて美加をレイプの被害者にしてしまった、という事実に傷ついていた？　あるいは何かしらの責任を感じていた？　だからその後は音信もなかったと思える女性の葬儀にやってきて、家族のもとに帰る意志すら失い、泥酔して事故死したということか。

いや、その仮説には納得できない。事件と父とのあいだには、やはり何かまだ周囲も知らない何かがあったのだ。もしかするとそれは、美加と父とのあいだの何か秘密であったかもしれないのだが。

製材所通りを歩きだした。歩きながら、次の手を考えてみる。歩いているうちに、全然べつの視点を思いつくことができるかもしれない。

通りを南に出ると、右手の細い小路の先に、三間運河を見ることができた。運河にかかる鉄橋が見える。例のみどころマップを取り出して確かめると、三間運河はここで直角に曲がり、さらにその先に二町ほど延びている。運河の北岸の通りには馬具町通りと名がついている。三間運河を渡って大学へ行くか。また図書館で大学の紀要を見せてもらえば、誰か事情を知っていそうな人物など見つかるかもしれない。この街か近郊に住んでいる関係者で、だ。

決められないまま鉄橋を渡り、結局馬具町通りを西に歩きだした。この通りは、木造の古い建物が多かった。いくつかは何かの工房と見える。看板を読んでゆくと、テント製作とか帆布、皮革などの工房が目についた。どれももともとは馬具工房であったのかもしれない。

三間運河は、二百メートルほどいったところで、行き止まりとなっていた。ここまで北から延びてきている街路は、製粉所通りだ。行き止まりはテニスコートほどの広さの水面となっている。かつては船溜《ふなだ》まりとして使われた場所なのだろうか。二隻の船が岸に繋《けい》留《りゅう》されているが、どちらも自分が昨夜見た船ではなかった。木製の川船だ。幅一間ほど、長さ六、七メートルだろうか。屋形船のような格好をしている。ひとが住むこともできそうなサイズであり、形だった。一隻のほうの舳先《へさき》には、植木鉢がいくつも置かれている。葉は生き生きとしていた。じっさいに使われているハウスボートのようだ。

その行き止まりをぐるりとめぐってわかった。三間運河はかつては南運河とつながっていたのだろう。ちょうど三間幅と見える細い街路が、行き止まりの部分から南方向に延びている。埋め立てられた運河跡と見えた。跳ね橋通り、という名の道だ。

船溜まりを南側に見る位置に、喫茶店があった。木造の二階家で、白く塗料が塗られている。かつては何かのオフィスとして使われていたような構えの店だ。表に出ている黒板を見ると、軽食も出しているとわかった。馬具町珈琲《コーヒー》店という名だ。

時計を見ると、午後の一時になろうとしていた。原島の工房で少し長居しすぎたようだ。昼食を取っていい時間だった。

俊也はガラスのはまったドアを引いて、その喫茶店に入った。明るい内装で、窓の外に運河の船溜まりが見える。テーブルは十以上あるようだ。ただしテーブルも椅子も不揃《ふぞろ》いだ。アンティーク・ショップから一点ずつ買い集めてきたようにも見える。五組ばかりの客がいた。学生ふうもふた組。顔を上げて新客が誰かを確かめるような者はいなかった。常連客だけを相手に、濃密な空気で商売をしている店ではないようだ。旅行者の俊也にはありがたかった。

窓側の席に着くと、二十代のウエイトレスが注文を取りにきた。学生アルバイトかもしれない。俊也はメニューを見て、コーヒーとトルティーヤのセットを注文した。

ウエイトレスが去ってから、俊也は店内を見渡した。窓側の奥の席にひとり、三十代と見える黒いスーツの女性がいて、本を読んでいる。食事は終わっているようだ。階段脇のテーブルには、初老の男性客。こちらも本を読んでいる。気がつくと、携帯電話やスマートフォンを眺めている客がいなかった。

テーブルの上に、郡府みどころマップを出した。

いましがた原島が佐久間美加の住んでいた場所として教えてくれたのは、町の南西寄りの市場通り沿いだ。店を出て馬具町通りを西に行くと、音楽堂通りで行き止まりとなる。そこで左折、南に一ブロック歩けば市場通りに出る。昨日訪ねた高瀬の家のごく近所に、美加のアパートはあったのだろう。

アパートはもうないということだったが、そのあたりを歩いたうえで、大学へ行ってみよう。

やがて注文したコーヒーとトルティーヤが出てきた。俊也は窓の外の船溜まりを眺めながらその昼食を食べ、店を出た。

交通量の少ない馬具町通りを歩き、市場通りへ下って美加のアパートがあったあたりまで行った。高瀬の家の近くまでだ。それから市場通りを西に進み、音楽堂通りとの交差点に出た。この周辺は、ごくあたり前の木造家屋が並んでいるだけだ。建築後二十年くらいかと見える建物もあるが、それは新しいほうである。大部分は、板壁も黒ずんだ築五十年くらいかと思えるような民家ばかりだった。また、通りの前後二ブロックほどのあいだには、コンビニと銭湯の看板がひとつずつ見えるだけ。ほかには、商店もないようだ。たぶん四十年前は、この通りはいまよりもずっとうら寂しく、取り残された雰囲気のあるエリアだったのではないか。それとも逆に、当時はまだこの衰退感はなかったのだろうか。だとしても、女子大生が好んで住む街とは見えない。大学に近いという以外には、さほど利点のある場所ではなかったのではないか。あるいはそのせいで、家賃も安かったか。

街路が入り組んでいる一帯なので、俊也は地図を頼りに正教会前広場へと歩いた。

広場前まで来て、少し迷った。ここで露人街に折れて東に歩けば、大学の正門に通じる。広場を北に抜けて給水塔通りから大学に向かうという手もある。つまり父も住んでいた学生街をあらためて確認しながら歩き、水車町通りという南北に走る通りを南に折れて大学正門に至るという方法だ。

急ぐわけではない。少し遠回りだが、後者がよかった。俊也はバレリーナの像のある広場を突っ切った。正教会の前を白人女性が通りすぎてゆく。昨日行った「白樺」のカテリーナだった。彼女は俊也には気づかずに、そのまま自分の店のほうへ歩いていった。

給水塔通りを東に折れて、南側の歩道を歩いた。水車町通りまでの二ブロックのあいだに、通りの北側には古書店が二軒あった。ここは会議所通りの裏通りということになるが、そこそこの賑《にぎ》わいの商店街である。若い通行人も目についた。建物の多くは、やはり大正時代の流行《はや》りなのかと見える二階建て、三階建ての建築だ。父が住んだというアパートなどは、これらの建物の裏手に建っているのだろうか。会議所通りとこの給水塔通りとのあいだには、たぶん旅行客の目には入らない小路や中通りがあるはずである。

水車町通りへ出たところで、右手に折れた。このまま南に歩くと、大学の正門に出るのだ。

大学に着いたら、また図書館に行く。一九六九年前後の大学の紀要を、あらためて見せてもらうつもりだった。

大学に着くと、煉瓦の校舎のあいだを歩いて図書館に入った。

司書のカウンターの中に、昨日もいた女性がいた。牧野、という苗字だったはずだ。夜、音楽堂近くでも彼女を見ていた。

牧野が、俊也に笑みを向けてきた。

「お調べごとは、はかどっています?」

俊也も微笑を返して言った。

「少しだけは。また資料を読ませていただけますか?」

「どんなものをお読みになります?」

「あらためてまた紀要を。六八年から七一年までの。最近の同窓会名簿もあればぜひ」

牧野はカウンターに近いテーブルを示した。

縦長窓の近くの席だ。近くにほかに利用者はいない。

「あそこをお使いください。いま揃えて持ってまいります」

俊也はそのテーブルに着いて、サブバッグから筆記用具を取り出した。

すぐに牧野が頼んだ資料を抱えてやってきた。俊也は牧野のＩＤカードを見た。こんどはフルネームが読み取れた。牧野友紀《ゆうき》だ。

彼女は紀要を俊也の横に置くと、興味深げな口調で言った。

「大学に関係することでしたら、お役に立てるかもしれません。詳しくお話を聞かせていただけますか？　お父さまが漕艇部でどのように活躍されていたか、ということでしたか？」

「ええ。漕艇部のことだけではなく、当時の大学のこと全般を知ることができたらいいなと思って。ここにはどんな季節がめぐり、どんな行事があり、学生たちはそういう日々をどんなふうに過ごしたのか」

「四十年前の大学のこととなると、わたしも気になりますね」

「じつは母も同窓生なんです。同学年」

「お母さまもだったのですか」友紀はうれしそうに言った。「息子さんもぜひここに入学すべきでしたね」

「そういう目標を持つべきでした」

「何かに書かれるおつもりなんですか?」

「いいえ。少し思い出を整理しておきたいなと思って」

「そういうお仕事をされているわけじゃないんですね?」

「東京の私立高校で国語を教えているというだけですが、書くことはいろいろ好きなんです」

「昭和四十年代というと、うちの女子学生の数はせいぜい一割ぐらいだったはずです。お母さまは人気者だったのでしょうね」

「どうでしょうか。在学中は父もほとんど気にしていなかったような、地味な女子学生だったようですよ」

「お母さまのことを、そんなふうにおっしゃらなくても」

「ほんとうです。地味すぎるぐらいに地味な女性でした」

「真面目《まじめ》に勉強したい学生さんには、うちはいい環境にあると言われています。こんな小さな街にあるんですから。お母さまは東京のご出身ですか?」

「北海道の岩見沢市です。母の両親は、娘を東京に出すことを心配したらしい」

「わかります。わたしもこの街から出してもらえなかった。ものすごく反対されました」

「もともとこの街の方なんですか」

「祖父がここで教えていました。ですから父もこの街で育ったんです。そして」友紀は札幌にある国立大学の名を挙げて続けた。「あちらを卒業して、いまこの街の役場に勤めています」

「じゃあ、牧野さんは、生粋のこの街っ子なんですね」

ええ、とうなずいてから、友紀はふと思いついたように言った。

「祖父は定年まで大学で刑法を教えていましたから、当時の大学のお話、いろいろできるかもしれません」

「この街にいらっしゃるのですね」

「八十になりますが、まだ元気です」

「八十！」

「四十年ぐらい前というと、祖父は教授になったばかりのころですね。いまはさすがに足が少し弱くなってきていますが、ぼけてはいませんよ」

「漕艇部の顧問であったということはないですよね？」

「ちがうと思います。漕艇には興味はないようですし、何か顧問をやっていたことはあったのかな。大学オーケストラだったかも」

少しずつ牧野の口調が打ち解けたものになってきた。

「お目にかかることはできるんですか？」

「ええ。いつも天気のよい午後には、新市街のうちからやってきて、同窓会館で新聞を読むか、相手がいるときは碁を打っています」

「同窓会館というのは、大学の中にあるんですか？」

「いえ。給水塔通りと水車町通りの角にあります。古い石造りの建物です」

その前を通ってきたばかりだ。

「近くですね」

「きょうは行ってると思います。電話しておきますので、会ってみたらいかがですか」

「そうですね」

その元大学教授が、期待する情報を知っているかどうかはわからない。しかし当時大学の教授であったのなら、その秘密を知っている誰か当事者を知っている、という可能性はある。そこからその誰かをたどってゆくことはできるのではないか。会ってみる価値はあるだろう。

「電話してみますね」と、友紀は言ってカウンターのほうに戻っていった。

俊也は六九年の紀要を開いて、大学の教員の名簿のページを開いた。

牧野、という苗字を探してゆくと、法学部の教授のひとりとして、牧野邦彦という名前が出てきた。牧野という苗字は、これひとりだ。司書の友紀の祖父で間違いないだろう。

牧野邦彦。

この名前には記憶がある。つい最近、この名を目にした。どこでだったろう？

思い出した。昨日、市立図書館で見た本の著者だ。

運河町倶楽部の放火事件について、刑法学者の立場から研究分析していた本だ。

『検証　運河町倶楽部放火事件』

郡府法科大学出版会の刊行だった。その冤罪《えんざい》事件の被害者は法科大学の学生だから、大学の研究者の手による研究書がそこから刊行されるのはおかしいことではない。

もうひとつ思い出した。パラパラと読んで、少し違和感のあった記述のこと。著者は、偽証したコソ泥について、法律の専門家とも思えぬ妙に感情的とも取れる筆致で非難していたのだった。「卑劣漢」「人倫にもとる」「良心のかけらもない」「信じがたい人格の歪《ゆが》み」

すでに書かれた時点で数十年たっていた事件について、そう書いていたのだ。まるでその偽証した人間が、生存しているかのように。

それはそれとして、俊也はまた紀要を読み始めた。レイプ事件について、なんらかの記述がないかを。しかし、漕艇部が受けた対外試合禁止の処分についても、何も記されていない。漕艇部ではその年度の末には、とくに何ごともなかったかのようだ。しかし、監督も顧問も交替し、部員も激減したことが、翌年の紀要からはわかるのだ。

事件の加害者である四人の名も出ている。四人とも四年生。俊也はその四人の名をノートにメモした。ひとりひとりの写真もあった。髪を短く刈って、鋭角的な輪郭の顔だちの青年たち。現実にこれらの青年が身近にいれば、その動物の雄としてのエネルギーにいささか圧倒されるものを感じることだろう。

四人の写真を、父のものと較《くら》べてみた。父のほうは、顎の線も細く、いくらか神経質そうにも見える。同じ漕艇部でも、フォアやエイトの選手ではなく、ひとり漕《こ》ぎの競技が似合う選手ではないかと感じた。要するに、この四年生たちとはたぶん人間のタイプがちがっていただろう。そう推測できる。

紀要には当然、彼ら四人の進路、就職先についてはとくに記されていない。それを調べるには、同窓会名簿を見る必要がある。その同窓会名簿は、卒業年次ごとに作られていた。六九年次卒業生の同窓会名簿は、三年前のものが最新版だ。薄っぺらな冊子だ。

俊也は六年前の名簿で四人の名を探した。六年前であればまだ四人とも六十歳前のはずで、勤め人であったならば、その職場が書かれていることも多いはずだ。

四人とも勤め先がわかった。ひとりは地元北海道の銀行の管理職、もうひとりは北海道庁の外郭団体のやはり管理職。さらにエネルギー系大手企業の子会社の社長。キャプテンだった男は、文部科学省所管の独立行政法人の理事という職にある。みな国立の法科大学の卒業生として、なかなかの職業人生を歩んだと見える。

父が死んだ二十年前は、と俊也は考えた。やはり四人とも、それぞれの職場でそこそこの地位にいたろう。父がそれを知っていた可能性は高い。というより、それを調べていたかもしれない。母校の図書館に来れば、このとおり同窓生名簿は容易に目にすることができたのだから。

友紀が戻ってきた。

「祖父に電話しておきました。役に立てるのかなあと不思議そうな声を出していましたけれど。いま同窓会館のラウンジにいます」

「お祖父《じい》さまは当時、教授ということでしたね」

「ええ。そのころ学科主任だったとも聞いていますね」

「市立図書館で見ましたが、『検証　運河町倶楽部放火事件』という本も書かれていますね」

「ええ。大学の出版会で出したものですね。あの事件が研究テーマのひとつでした」

「学生の生活指導とか、部活の監督といった業務は、こちらの大学ではどなたが？」

「学生課長になりますが、学科主任も関わることは関わりますね。雑用も多いポストですから。漕艇部のことで何か？」

　そのとき、カウンターの中から呼ぶ声がした。

「牧野さん、電話が」

　友紀は振り返ると、カウンターのほうに小走りに戻っていった。

　俊也は広げた資料をまとめて、テーブルの上に重ねた。

　友紀が戻ってきた。困惑気味の顔だ。

「祖父からでした。やっぱり話すことは何もないと」

　俊也は驚いた。

「会いたくないと？」

「そういう意味でした。どうしてか、ずいぶん不機嫌になっています。年寄りなので、気分は変わりやすいんですが」

「ぼくの名前を出して、お話しされたんですよね？」

「ええ。もちろんです」

「いま同窓会館なんですね？」

「はい」

「資料など、このままにしていっていいですか」

「どうされるんですか？」

「お祖父さんに、会ってみます」

俊也は筆記用具とノートをサブバッグに入れると、友紀に頭を下げた。

「あの」と友紀。

「はい？」

「岩崎さんは、ほんとうにお父さまの大学生活のことに興味があって調べられているんですか」

「ええ」

自分は友紀には、父がこの街で二十年前に事故死したとは伝えていない。父の名もだ。ただ、両親の学生生活がどんなものであったのか知りたい、という言い方は、嘘《うそ》ではない。でも友紀は、俊也の関心がそれほど単純なものではないと気づいたようだ。祖父が態度を急に変えたことで、祖父と俊也とのあいだに何かしらのつながりがあるとも勘づいたかもしれない。

友紀は、小首をかしげたまま言った。

「この大学で、むかし何か興味深いことなどあったんですか？」

友紀は俊也の身元について疑念を持ち始めているようだ。

俊也は自分の身分証明書を見せて言った。

「両親とも、七二年の卒業でした。岩崎裕二と、中道響子。あまり大学時代のことを話してくれなかったものですから」

「くれなかった？」

「ふたりとも、もう亡くなっているんです。わたしが運河町に来たのは、いわば自分のルーツの確認なんですが」

友紀は疑念を消し去ったようではない。

「祖父が話したくないと言っている以上、できれば遠慮していただけるとありがたいのですが」

「お祖父さまが何を話したくないと言っているのか、わたしにはわかりません。聞いてまずいようなことでもあるんでしょうか？」

「それはわたしにもわかりませんが」

「直接わたしが伺って、きちんとお願いするのがいいと思います。何か誤解があったのかもしれませんから」

「わたしからお願いするのも何ですけれど、なにせ年寄りです。ぶしつけと感じると、機嫌が悪くなることがあります。気をつかっていただけますね？」

「もちろんです」

俊也はもう一度友紀に頭を下げて、図書館を出た。

エントランスを出てからは、大股になった。牧野邦彦が同窓会館を出てしまう心配もある。その前に、その建物に着かねばならなかった。

大学の正門に向かっているあいだに、ひとつ確信が生まれた。

牧野邦彦は、何か大事な秘密を知っている。牧野は最初、岩崎という苗字を聞いて、それが誰かわからなかった。当時漕艇部員だった岩崎裕二と結びつけては考えられなかったのだ。だからいったんは孫娘からの話に簡単に応じたが、電話を切ったあとにとつぜん結びついたのではないか。漕艇部員だった岩崎裕二という学生、二十年前にこの街で事故死したその男と、大学の過去のことを知りたいと調べまわっている男との関係。話すべき相手ではない、と牧野は思った。自分には訊かれたくないことがあると。だからあわてて孫娘に、断れと電話してきた。

話すことを拒んだことで、俊也は逆に牧野に会わないわけにはゆかなくなった。たとえぶしつけであり、無礼なことになるとしても、質問せざるを得ない。学科主任だったあなたは知っているはずだと。

俊也は水車町通りに出た。先の交差点の左手前に、石造りの洋館がある。あれが同窓会館だろう。

水車町通りの歩道を歩き、俊也はその交差点に出た。

同窓会館は、運河町ホテルと似た趣きの、凝灰岩を積んだ建物だ。四階建てと見える。窓はすべて縦長だ。角にあたる部分には、丸みがついている。エントランスは、その丸みの一階部分だった。

俊也は横断歩道を渡り、エントランスの脇の表示を確かめた。「郡府法科大学同窓会館」と、板に隷書体ふうの墨文字で書かれている。

五段の石のステップを上がり、重いガラス戸を押した。戸は二重になっている。

右手の壁に、館内の案内があった。

一階は、サロン、との表示。二階が同窓会事務局と資料室。三階、四階は会議室だ。小さなパーティや会合に使えるということだろう。

内側の戸を押すと、中は天井の高いロビーふうの空間だった。くすんだ色のカーペットが敷かれている。正面左寄りに階段があり、その横にはやはり運河町ホテルのものにも似たエレベーターの扉。その横の壁に、油絵が掛かっている。法科大学の正面を、写実の技法で描いたものだ。新緑の季節の、陽光を浴びた煉瓦《れんが》の建物。同窓会館の壁には似つかわしい画題の絵だった。さらにその横には、ひとの背ほどの高さのある自立型の大時計。

右手、給水塔通りに面した側が、喫茶店ふうの作りだ。テーブルが十卓あまり。奥が厨《ちゅう》房《ぼう》と見える。客は、ふたりいた。スーツ姿の年配の男性たちだ。コーヒーをあいだに向かい合っている。どちらも八十歳には見えないから、ここには牧野はいない。

左手の窓に面した空間には、ソファがいくつも不規則に配置されている。昼寝している男がひとり、新聞を読んでいる男がひとり。どちらもネクタイをした勤め人ふうだ。大学とは関係のない、近隣のサラリーマンなのかもしれない。休憩中というところか。

碁盤の置かれたテーブルもひとつあったが、そこには客はいない。

全体に静謐《せいひつ》な空間だった。俊也はエントランスのすぐ内側で、しばらくのあいだゆっくりと館内を見渡していた。

喫茶室のほうから、女性が姿を見せた。白いエプロンをつけている。年配で、銀髪の女性だった。ウエイトレスなのだろう。

彼女が、いらっしゃい、という表情を俊也に向けてきた。でも声は出さない。そのあいさつさえも、うるさいと感じられる空間ということかもしれなかった。

ウエイトレスが近づいてきたので、俊也は訊《き》いた。

「牧野先生を捜しているのですが」

同窓会館では、退職した牧野にも、先生という敬称は必要だろう。

ウエイトレスは言った。

「ちょうど入れ違いです。いまお帰りになりました」

半分予期していた。牧野は孫娘から電話を受けたが気が変わり、突然の訪問者と会うことを断った。しかし牧野は、その訪問者が持ち出す話題には想像がついていたのだ。断ったとしても、相手つまり俊也が強引に自分に会いたがるとも想定したことだろう。だとしたら、逃げるにしかずだ。彼はそそくさとこの同窓会館をあとにしたのだ。

俊也は、にこやかに訊いた。

「お孫さんに、ここだと聞いてきたのですが」

全部を言い終わらないうちに、ウエイトレスは言った。

「あ、友紀ちゃんが教えたのね」

「ええ。どちらに行かれたか、わかりますか？」

ウエイトレスは大時計に目をやってから言った。

「いつもより早いんだけど、ご自宅にお帰りでしょうね」

「ご自宅ですか」

それはどこにあるのか、と訊くのはためらわれた。

ウエイトレスが、言った。

「いまはまだ追いつけるかもしれない。散歩しながら帰る習慣と聞いているから」

「お元気なんですか」

「あのお歳《とし》で、かくしゃくとしていますよ」

「ご自宅への散歩道というのは、どちらになります？」

「三間運河の脇を歩いて、東運河の向こうの新市街に抜けていくはずです」

「三間運河ですか」自分も何度か歩いてきた。「並木のあるほうですね」

「給水塔通りをまっすぐに行ったと思いますよ。ステッキをついていますから、後ろ姿でもわかるでしょう」

「ありがとう」

俊也はウエイトレスに頭を下げて、同窓会館を出た。

運河町の方角は、もう頭に入っている。地図を取り出すまでもなかった。交差点を渡り、給水塔通りをそのまま東に一ブロック行けばよいのだ。

給水塔通りを早足で歩き、三間運河にぶつかった。ここを左に曲がれば、運河町ホテルである。俊也は右手に折れた。

左手に三間運河があり、川岸はプラタナスが連なる舗道だ。車道は一方通行で、昼間も交通量はほとんどない。

俊也は、一ブロック先、ちょうど大学の煉瓦塀が切れるあたりに、ひとりの男の後ろ姿を認めた。ステッキをついている。牧野だろう。暗い色のジャケットを着て、帽子をかぶっていた。帽子のシルエットはやや古風に見える。戦前とか戦後すぐの時期に男たちのファッションの基本アイテムだったもののようだ。八十歳だという牧野は、若い時期からずっとそのかたちの帽子をかぶっていたのかもしれない。

俊也はいっそう大股に、しかしできるだけ靴音を立てぬように、男を追った。

やがて三間運河は右手に直角に折れる。折れる手前には細い鉄橋が架かっている。渡ると、倉庫街から東運河を渡り、新市街に入ることができるようだ。牧野の自宅はたぶんその新市街の方向だろう。

彼が三間運河を渡る前に。

俊也は駆け出し、男が三間運河沿いの並木道に達したところで追いついた。メガネをかけており、意志的な顎の線、深い眼窩《がんか》。知的な職業に就いてきたとわかる顔だちだった。牧野で間違いない。

俊也が牧野の隣りに並ぶと、牧野はぎくりとした表情を見せて立ち止まった。ぐらりと身体《からだ》が揺れたようにも見えた。

俊也は牧野を見つめて確かめた。

「牧野先生ですね？　法科大学で教授だった、牧野邦彦先生」

牧野は、ちらりと左右に視線を泳がした。救いを求めたのかもしれない。答えずにすむような何かがそこにないかと。それはひとでもものごとでも、何でもよかったはずだ。とりあえず回答しない根拠になるものなら何でも。

しかし、見当たらなかったようだ。牧野は、腹立たしげな表情で言った。

「そうだ。きみは？」

完全に教師口調だった。大学で教えていたという経歴は、この職業に就いた多くの人物と同様に、彼のキャラクターそのものとなっている。

俊也は答えた。

「岩崎俊也といいます。父はこの街の法科大学の卒業でした。岩崎裕二という名です」

牧野の顔には、こんどは驚きは表れなかった。友紀との電話でのやりとりのときに、すでに想像はついていたはずなのだ。ただ、この事態を喜んでいないことは明白だった。彼は俊也と話すことを逃れようとしている。

俊也は訊いた。

「父をご存じですね？　もう四十年も前の卒業ですが」

「岩崎裕二？」と、牧野はとぼけた。

「ええ。漕艇部におりました。漕艇部が全日本でいい成績を収めた年の二年生。先生が学科主任のころです」

しぶしぶという調子で、牧野は言った。

「ああ。そう言われると、名前には記憶がある」

「やはりご存じかと思いますが、父は二十年前にこの街でひとつ葬式に出席し、そのあとこの街で水死しました。この」俊也は三間運河を指さして言った。「この三間運河で、水死体で見つかったそうです。酔っていての転落事故でした」

牧野は無表情だ。いや、頬がかすかにふくらんだ。

「じつは昨日まで、父が葬式に出席していたことを知らなかったんです。佐久間美加さんという、父の大学時代の友人の葬儀でした。旧姓で言うと、石黒美加さんという方です」

一瞬だけ、眼鏡の下で牧野の目が泳いだ。動揺したのだ。

俊也は続けた。

「わたしは、父が佐久間美加さんの葬式に出た理由は、父が大学で漕艇部員だったころに起こったある事件と関係があると想像しています。美加さんは、その被害者だった。事件のことは、ご存じですよね？」

　牧野は、ひと呼吸おいてからうなずいた。

「さまざまな噂《うわさ》があったのは知っている」

「漕艇部に、一年間の対外試合禁止の処分が出ています。学科主任として、事情を把握されていたのでは？」

「もちろんだ。ただし噂の中には、まるで事実とは異なるものもあった。美加さんを傷つける、無責任なものも」

　俊也は戸惑った。集団レイプがあったというのは、噂レベルのことだった？　原島が教えてくれたことは、事実と異なっていたのか？　せっかく自分はそのときの真実に到達できたと思っていたのだが。

　俊也は、思い切ってその言葉を口に出した。

「先輩たちが美加さんをレイプした、と、美加さんの周囲では話されていたそうです」

「わたしが事情を調べた限りでは、それはコンパでのセクハラというものだった。情けないことにはちがいないが」

「レイプではなかったと？」

「知っているかと思うが、強姦《ごうかん》は親告罪だ。しかし美加さんは、警察に届けていないよ。レイプというのは、尾ひれのついた話だ」

「でも、美加さんはその後大学を中退、やがて鬱病を患って、あげく自殺した」

「どういう関連があるのか、わたしにはわからない」

「父は、美加さんの自殺の報《しら》せを聞いて、葬式に出るためにわざわざこの街へやってきたんです。それがセクハラ程度のことであれば、父も卒業後ずっとそのことを気に病む必要はなかったはずです」

「岩崎裕二は、きみにその事件のことを話していたのか？　自分はそれを気に病んでいるんだと」

「いいえ。直接は」

「卒業後も、美加さんとは何か個人的なつながりがあったのだろう。だから葬式に出た。ちがうかね？」

「卒業後のつきあいはまったくありませんでした。それはわかっています」

「美加さんが佐久間くんと結婚をしたことを、知っていた」

そう言ってから、牧野の顔に、失敗した、という表情が浮かんだ。

俊也も驚いた。牧野はそのことをどうして知っている？　父は二十年前、死の直前に牧野と会っていたということか？　美加の卒業後のことについても知っていたと、牧野に話していたのか！

「先生は、二十年前、父に会っているんですか？」

牧野はこんどははっきりと狼狽《ろうばい》している。

「ん、ああ。たまたま会った」

「葬式のあとですか?」

「どうだったか」

「父が先生を訪ねた? それとも葬式の席で?」

「わたしは葬式には出ていない。そうだ、葬式のあと、お父さんが大学にやってきて、正確に言えば大学の同窓会館にやってきて、偶然会った」

「偶然？　そんな偶然があるはずがない。父は佐久間美加の葬式に出席するためにこの街にやってきた。用件はそれだけだ。となると、牧野に会ったとしたら、それも美加の死に関わる理由以外ではありえない。

俊也はあらためて牧野に向き直って訊いた。

「父はそのとき、先生に何を話したんです？」

「べつに何も」と、牧野は首を振った。

「まさか。そもそも父は、美加さんの葬式に出るためにこの街に来たんです。そのあと大学を訪ねたんですよ。べつに何も、だなんて」

「わたしには、裕二くんの用件が何であったか、知るよしもない」

「では伺いますが、わたしと会うことを避けたのはなぜです？」

「避けてなどいないが」

「友紀さんには一度会うことをオーケーしておいて、すぐに断った。そして同窓会館から逃げ出した。わたしに何を訊かれると、心配したんです？」

「何も心配などしていない。用事を思い出しただけだ」

「父は先生を責めたんですね？　セクハラという判断は間違いだったと。加害者四人に対する処分がなかったことはおかしいと」

原島が教えてくれた事件については、それを疑う必要もないのだ。セクハラ、と表現できる程度のことでひとりの女性が人格を破壊され、最後には自殺してしまうはずもない。少なくとも父も原島も、佐久間美加の自殺は大学時代のその事件が遠因と理解していた。夫であった佐久間の昨夜の様子からも、それは類推できるのだった。

牧野の答えを待ったが、牧野は黙したままだ。口の端がぷるぷると数度震えた。

「たぶん先生も、そのときの判断は誤りだったと承知している。ちがいますか？」

ようやく牧野が言った。

「失敬だな。初対面で」

「無礼は謝ります。でも、父は死んでいるんです。この街で」

「わたしに何の関係があると言うんだ」

「大学は、漕艇部の起こした不祥事で、処分を出しています。学科主任だった先生も当然経緯を知っていますね。その処分の内容が間違いだったという見方があります」

「いいや。間違いはない。処分を出すために、関係者から聞き取りしているんだ」

「漕艇部のマネージャーが、事情を全部知っていました。増田というひとだったそうですが、彼女もそう言っていましたか？」

「彼女は……」牧野が言い淀《よど》んだ。「事件と言ってよいだけのことがあったと言っていた。しかし、彼女も直接目撃しているわけじゃない」

「被害者の美加さん自身は？」

「泥酔していたんだ。何が起こったのかを覚えていなかった」

「むりやり泥酔させられたんですよね？」

「卒業コンパの二次会だ。アルコールもかなり入っていたろう」

「ということは、大学は」俊也は言い直した。「先生は被害者の告発も、その場にいたもうひとりの女性の証言も退けたことになる。四人の四年生の言い分を呑《の》んで、被害者側の告発とそばにいた女子学生の証言は無視した」

「第三者の目で、何が起こったかを冷静に判断したまでだ。なのにレイプがあったと言いふらすことは、許されるものじゃない」

突然に俊也は思い出した。牧野が書いた運河町倶楽部放火事件の顚末《てんまつ》。あの本をざっと読んで覚えた違和感。牧野は偽証した男について、そこだけ妙に感情的な言葉で非難していた。

いわく。「卑劣漢」「人倫にもとる」「良心のかけらもない」「信じがたい人格の歪み」

偽証したコソ泥についての言葉だが、あれはもしかして、当該のコソ泥の人格についての評価ではなく、偽証という行為そのものについての悪罵ということではないだろうか。

つまりこの法学の教授は、生理的にも偽証するような人物が嫌いなのだ。放火や殺人という行為以上に、ひとを貶《おとし》めるために嘘《うそ》をつく人間を受け容れることができないのだ。だからあの研究書の中では、その偽証証人に対してあのような激越な言葉を吐いてしまった……。

もうひとつ思い出した。郡府日日新聞社の岡田の様子だ。彼は、昭和四十四年の漕艇部のことについて知りたいという俊也に対して、何かに書くのか、発表するのか、ということを気にしていた。俊也の感覚では、それは怯《おび》えさえ感じているほどにだ。地元の企業や公的機関に支えられているローカル紙であれば、岡田自身が正直に言っていたように、地元のネガティブな話題には慎重になるのは当然だろう。同じことが、学科主任だった牧野にも言えたはずだ。大学のスキャンダルを封じ込め、将来にわたって大学の評判を担保しなければならなかった。だからあの処分だったのだろうが、牧野もまたそれがいつか暴露されること、真相が公表されることを恐れたのではないか。いや、いまも恐れているのではないか。父はもしかして。

「先生は」と俊也は言葉をまとめながら言った。「言い分が対立したその事件で、誰かが偽証したことを知っている。父も知っていた。そのことを二十年前に、強くなじられたのでは？　ちがいますか？」

「いや」と牧野は首を振って歩き出した。もうこの話題はたくさんだとでも言っているようだ。ついて来るなとも、その身体で語っている。

「先生」俊也は牧野を追い、もう一度横に並んで、歩きながら言った。「父は、事件のことを書くつもりでした。いえ、手記として書いて、その原稿を残していた。いずれ発表しようと」

もちろん嘘だ。そんな原稿があったなら、いま牧野にいろいろ父と会ったときのことを訊ねたりはしなかった。しかし、この嘘で牧野をもっと揺さぶってみるしかない。

歩きながら、牧野は俊也に顔を向けてきた。明らかに、衝撃を受けている。

「でたらめだ」そう言う牧野の声は、かすかに震えた。「じゃあ、わたしに会うまでもなく、みな知っていたということじゃないか」

みな知っていたということじゃないか……。

ツー・ストライクだ。牧野は、事件の真相を承知している。セクハラに留《とど》まるようなものでなかったことを知っている。知っていたうえで、その処分を出した。

「認めましたね。先生は、そのコンパで何があったかを知っていて、その四年生たちを守った。いや、大学の評判を守った」

「ちがう。わたしは厳正に、事情を調べたうえで」

あとが続かなかった。牧野は視線をそらし、話題を変えてきた。

「岩崎裕二が手記を書いていたというのも、でたらめだ。わたしを騙《だま》そうとしても無駄だ」

「人倫にもとる。良心のかけらもない」

「何？」

「いいえ、先生の本の中に出てきたフレーズです。冤罪《えんざい》事件の証言者について、先生はそう書いていましたよ。卑劣漢とも。誰のことなんです？　事件をないことにした先生ご自身のことなんですか？」

「手記に書かれていないのか？」

そんな手記など、存在しないだろうと言っている。

俊也は言った。

「ほのめかしてあります。大学関係者ならわかるだろうという書き方で」

「つまりきみは何も知らないということか」

「関係者をあと少したどれば、ぼかしてある部分もすっかり明瞭になると思います」

三間運河が直角に折れる位置まで来た。運河に沿う車道もここで折れているが、左手には幅の狭い橋が架かっていた。歩行者専用の鉄橋だ。

牧野はそこで橋へと折れた。俊也はあわてて牧野の背に向けて言った。

「待ってください。先生が真相をきちんと語ってくれないなら、わたしはあの原稿を出版しますよ。大学の関係者に配りますよ」

牧野が橋の上で足を止め、ゆっくりと振り返った。

「刊行する？　そんなことをして、何になるんだ？　何のために？」

「父の思い出のためにですよ。あんな若さで息子の前から去った父の記憶を、いつまでもわたしの胸に留めるためです」

「くだらない」

「わたしがこの街で知った事実も、書き加えるべきでしょうね。二十年も、いや事件から四十年もたったせいか、隠さずに話してくれるひとも多かった。これから増田さんを探し出せば、もっと多くのことがわかる。先生にはたぶん、かなりご迷惑な本になるかと思いますが」

「この歳だ。何が書かれても、失うものはない」

俊也は微笑するのをこらえた。もしもっと若いときであれば、レイプがあったという真相暴露はかなりこたえた、ということだろう。もっと限定的に言うなら、牧野がまだ大学教授であったころに。つまり二十年前なら、その事実の公表はかなりの打撃を牧野に与えた。いま牧野はそう言ってしまったのだ。

俊也は畳みかけた。

「かまいませんね。父の手記の発表」

「本にするというのか？」

「私家版の。電子書籍にするのも、いいかもしれません」

「きみは、ジャーナリストだったか？」

「いいえ。高校の教師ですよ。国語を教えています」

「暇なことを」

「父の死にまつわる事情ですから」

「本気なのか？」

「本を出すことですか？」

「まだ裕二くんの死の事情について調べることだ」

「若いひとの言葉を使えば、わたしは真剣《マジ》ですよ。本気です。父はわたしが十二歳のときにこの街に来て、泥酔して水死したんですから。父が家族には話していなかった過去のことを知りたいと思うのは当然でしょう」

牧野は顔を三間運河の水面に向けた。俊也もつられて同じ方向を見たが、そこに何かがあるわけでもなかった。牧野は何か思案しているという様子だ。

もうひとこと声をかけようとしたとき、牧野がまた俊也に目を向けてきた。

「とつぜん過ぎて面食らっている。もう一度会うことはできるか。少し時間を置いて」

思いがけない提案だった。しかし断る理由はない。

「かまいませんが。何時ごろ、どこにしましょうか？」

「今夜九時、同窓会館で」

「九時？　先生には遅過ぎる時刻ではありませんか？」

「馬鹿にするな。体調もその時刻に合わせて行く」

「その時刻というのは、何か理由でも？」

「とくに。考えをまとめるのに、そのぐらいの時間が必要だということだ」

そんなにたいへんなことか、とは思ったが、俊也はそれを口にはしなかった。

「かまいません。同窓会館ですね」

「ああ。サロンはもっと遅くまでやっている」

「事件と、父の死との関わり、きちんと教えてもらえるのですか?」

「岩崎裕二が手記でほのめかしたことについて、解釈を聞かせてやることはできるかもしれない。あくまでも、かも、だが」

「それで十分です」

　牧野はくるりと背を向けると、その細い橋を渡っていった。ステッキをついてはいるが、最初に見たときよりも足どりはしっかりして見えた。八十歳とは思えない。同窓会館のウエイトレスが言ったとおり、かなりかくしゃくとした老人だった。夜九時の外出も、いつものことなのだろう。

　俊也は、牧野が石造りの倉庫のあいだの道を遠ざかってゆくのをしばらく眺めてから、反対方向に身体を向けた。

　ようやくこれで、あの年、父がこの街に来た理由、泥酔して運河に落ちた理由の真相がわかりそうだ。いまの牧野とのやりとりでも確認できたが、佐久間美加のレイプ事件に、父は関わっていたわけではない。コンパに出ていたという点では関係者のひとりかもしれないが、どんな意味でも事件の当事者ではない。岡田もそう明言していたし、いまの牧野とのやりとりの雰囲気でも、父が当事者、もっと言うなら加害者として関わっていたわけではないとわかった。

　となると、疑問はこういうことになる。その佐久間美加の葬式に父が出席しなければならなかった理由は何なのか。美加の自殺に衝撃を受けて、事故死するほどに酒を飲まねばならなかった理由は何なのか。この二点だ。

ここまで岡田や原島に聞かせてもらった事実からは、その答えは見つからなかった。原島は否定したが、美加と父はやはり大学時代に交際があったのだろうか。ふたりは周囲の誰もが気がつかない秘密を、温めていたのだろうか。

時計を見た。午後の三時半をまわったところだった。

夜の九時まで、かなり時間がある。

それまでにまだ訪ねてみるべきところはあるだろうか。

増田という女子マネージャー。事件を直接に体験している人物。原島からは、増田がいまどうしているか聞かなかった。たぶん原島自身も、卒業以降は会ってもいないし、消息も聞いていないのだろう。美加の葬式にも出ていなかったのかもしれない。

今夜牧野に会ったときに、俊也の疑問はかなりの程度解決すると期待できるが、それでも増田に会えるものなら、会ってみたいものだった。いま運河町の近く、あるいは北海道のどこかにいるのであれば、そちらに回ってみることも可能だ。

ゆくべきは、また大学の図書館だ。

俊也は、大学の煉瓦塀に沿って歩き出した。もう一度、牧野友紀と会話することになるが。

いくらかそれが楽しみでもあった。

第十一章　埋もれた街路図

俊也は法科大学の正門を抜けて、また図書館に入った。

カウンターの中に、牧野友紀がいる。すぐに俊也に気づいて声をかけてきた。

「祖父と、お会いになったんですか？」

少し心配そうな顔だった。俊也は微笑を向けて言った。

「ええ。散歩しながら少し話を聞かせていただきました」

「あ、よかった。偏屈なひとですから」

「そうは感じなかったな」

「お知りになりたいことは、聞けたんですね」

「もう一回お目にかかって、聞かせてもらうことになりました。記憶を掘り起こしておく、という意味のことをおっしゃってましたよ」

「もう一回？　明日ですか？」

「今夜、九時にまた会う約束をしました。夜の九時って、遅すぎませんか？」

「祖父が眠るのは、いつも十時過ぎです。起きてはいる時刻ですが、わざわざ九時に？」

「ええ。同窓会館で会う約束をしました」

友紀は首を傾《かし》げた。

「食事をして、お風呂を上がってからお日にかかるということかしら。きっと祖父にも、話したいことがいろいろあるんでしょう」

俊也は話題を変えた。

「また、同窓会名簿をお借りします」棚の場所はもう知っている。「ネットにつながったパソコンもお借りできますか？」

「もちろんです。端末まで、ご案内します」

友紀がカウンターの中から出てきて、フロアを先に立って歩きだした。俊也は彼女に続いた。

デスクに着いて、女子マネージャーだった増田公子の消息を探した。しかし、彼女についての情報は卒業後四年で消えていた。現住所が記載されなくなったのだ。二十六歳のころから、ということになるので、結婚したあたりからとも想像できる。同窓生とも疎遠になるような遠隔地で、結婚生活を始めたのかもしれない。もともと彼女は函館の出身で、卒業後は函館で就職していた。卒業当時の、実家の所在地はわかった。そこに連絡して、増田公子の現在の居住地を訊《き》くという手はある。もっとも、同窓会名簿の編集委員が、ある時点でそれを試してみた可能性もないではない。その結果が、その後の消息不明なのかもしれなかった。

増田公子は、同じ部の友人がレイプされるという事件を体験した女子大生だったのだ。法科大学に在籍していたことを、その後むしろいまわしい過去と思うようになっていたら、彼女を探すことは難しい。彼女は、法科大学に在籍していたことを、封印したいと願い、同級生とさえ連絡を絶ったのかもしれないのだ。

ネットでも、思いつく限りの属性をキーワードに探してみたけれど、これはという女性にはたどりつけなかった。本気で探すつもりなら、やはりまず実家を当たってみるか、函館での交遊関係まで調べてみる必要があるだろう。

事件があった前後の年、何か気になるような出来事がなかったかを、大学、六八年、六九年というキーワードで調べてみた。北海道大学で全共闘運動が高まり、バリケード封鎖のあったのが六九年の夏だ。東京では、六九年の一月に東京大学の封鎖解除がおこなわれている。大学の外では、ベトナム反戦運動が大きく高まった時代だったとわかった。それにともなった反政府運動も。

いまさらながら思うが、要するに熱い季節だったということだ。この時代に、ひたすらボートをこいでいた父や漕艇部のほかの部員たちは、幸せだったと言うべきなのかもしれない。紀要をあらためて引っ張り出してみても、法科大学では学生運動はほとんどなかったようだ。少なくとも、バリケード封鎖のような事件は起こっていない。

もう何も出てこないというところまでネットにアクセスしてみて、時計を見ると五時十五分前になっていた。切り上げどきだ。

ＰＣの電源を落として同窓会名簿や紀要を片づけると、友紀が近づいてきた。

「ほんとうにご熱心なんですね。祖父もきっと、うれしかったんでしょう」

俊也はあいまいにうなずきながら言った。

「お会いするまでに食事をしておこうと思っています。ロシア料理店のほかに、この街でおすすめはありますか？」

友紀は、さして考える様子も見せずに言った。

「ドイツ料理はお好きですか？」

「ザワークラウトとか、ソーセージですか？」

「ええ。この街には一軒、地ビールの醸造所があります。そこの直営ビアホールも、この街らしいお店ですよ」

「どのあたりです？」

「市場の近くです。名前はそのまんま、運河麦酒《ビール》醸造所」

「行ってみます」

「時間があればご案内できるんですけれど、あいにく用事があって」

「迷わずに行けると思います」

俊也はノート類をサブバッグに収め、友紀に軽く頭を下げた。

大学を出たところで、俊也はまだ自分がこの街で路面電車に乗っていなかったことを思い出した。市場までは市街地の中央を突っ切って行けるはずだが、電車でも行ける場所だ。停車場通りの大橋の近くの停留所で降りるとよいと想像できる。俊也は路面電車に乗ることを決め、まず会議所通りへと向かった。水車町通りを北に抜けると、その大通りに出る。会議所通りに出たとき、ちょうど目の前を路面電車が通過してゆくところだった。左手方向、つまり停車場通りとの角に向けて走ってゆく。停留所はどこかと左右を見ると、右手、ちょうど運河町ホテルの近くに、島状の停留所があった。つまり電車は行ったばかりだ。遠ざかる電車を目で追うと、交差点の角に不動産屋らしき店がある。ガラス窓いっぱいに貼り紙があった。俊也はそのガラス窓に引き寄せられた。

賃貸物件の案内が、ガラス窓の内側を埋めている。なんとなくその貼り紙を見渡した。建物の写真は、最近の集合住宅ふうのものもあれば、築年数の古めの木造の一軒家もある。中にいくつか、石造りの建物の写真があった。

近寄って見てみると、かつての倉庫とか事務所用の建物を住宅用に改装した物件だとわかった。載っている間取り図も、いわゆる鰻《うなぎ》の寝床ふうのものではない。居間が広めな割りには、窓が少なめ、小さめと見える。写真で見ると、部屋の天井も高かった。梁《はり》がむき出しの物件もある。東京では望んでもなかなか見つからないだろうと思える空間だ。

家賃を見て驚いた。二ＬＤＫほどかと思える広さの部屋が、東京で言えば私鉄沿線住宅エリアのそれの半額以下、いや三分の一かという家賃なのだ。

梁がむき出しの物件に惹《ひ》かれた。いわゆるロフトのリノベーションという住戸。五十平米という面積だが、一ＬＤＫである。居間が広い。窓は縦長の上げ下げ窓。採光は十分とは言えないだろうが、そのぶん壁と床は堅牢《けんろう》だろう。俊也は仕事柄蔵書が多く、その収納には苦労しているけれども、この部屋ならその苦労からはかなり解放されそうに思えた。

見入っていて、ふとおかしくなった。東京に仕事のある身で、自分はいま一瞬、この部屋に住むことを想像しなかったか？

しばらくその不動産屋の物件案内を見ているうちに、路面電車が近づいてきた。俊也は停留所へと歩いて、後方のドアからその電車に乗った。

市場近くの停留所は、二つ目だった。会議所前、という停留所が最初。ここを出ると電車はすぐに角を左に折れる。三ブロックほど進んで、次が大橋北という名前の停留所だった。俊也は大橋北停留所で電車を降り、信号に従って停車場通りを西側に渡った。その向こう側に市場がある。市場の南側は広場となっていた。朝市が立つようだ。地図には、朝市広場、と記されている。

醸造所は、朝市広場の南に面していた。やはり凝灰岩造りの倉庫ふうの建物だった。重そうな木の扉の上に、ジョッキが描かれた看板が吊《つ》り下がっている。俊也は、そのドアに手をかけた。夜にはもう一度牧野に会う。せっかくの醸造所だが、ビールを飲むのは避けるべきだろう。料理だけ食べて、アルコールは牧野との話のあとにすべきだ。

俊也が同窓会館に着いたときは、すでに牧野邦彦は奥の部屋のカウチに着いていた。昼間は碁盤が置かれていたテーブルのそばだ。俊也は黙礼して近づき、向かい側の肘掛け椅子に腰をおろした。牧野が、あまり感情の見えない顔を、ちらりと俊也に向けてきた。

テーブルの上には、クリップで留められた書類が置かれている。表紙には、数字が書かれていた。「一九六八、九」と読めた。四桁の数字は年号だろうか。六八年から六九年、という意味に読めるが、六八年の九月、という日付かもしれない。

俊也が書類から牧野に視線を移すと、牧野は俊也の肩ごしの虚空を見るようにして口を開いた。

「美加さんの葬式の何日か後、ここで裕二くんに会った」

俊也は驚いて訊いた。

「たまたまですか？」

「いや、裕二くんはわたしに会うためにここにきた。わたしが同窓会館に来る時間帯を知っていたようだ」

「そのとき、先生はまだ教授でした？」

「いや、退官した年だ。非常勤講師で、大学には引き続き籍はあったが」

「父はどんな話をするために、ここに？」

「きみが言ったとおりさ。手記を出すつもりだ。もう耐えられないと」

「耐えられない?」

「手記を読んだのではないのか?」

「ええ。でも、さっきもお話ししたように、部外者にはわからないような書き方だった」

「それにしても、あのコウアンとの一件ぐらいは、わかるだろう」

コウアンとの一件? 警察の公安部門のことだろうか。あるいは公安事件? 漕艇部のレイプ事件が、話に聞く政治の季節に起こっていたということと関係するのだろうか。

俊也は思い切って想像のままに言った。

「ぼくはそもそも、その時代の雰囲気を知らないのです。全共闘運動のことなんかも。父と先生との関わりについては、当事者である先生の口から、説明を含めて聞かせていただいたほうがいいように思うのですが」

牧野は、書類をテーブルの上に滑らせてきた。

「六九年の九月に」と、牧野はこの街にある私立の農業大学の名を出した。「……の学生がひとり、殺人犯隠匿の疑いで逮捕された。左翼党派に属していたわけでもない学生だった。児玉《こだま》というその学生は、内ゲバ殺人で指名手配されていた新左翼党派の活動家を匿《かくま》ったとして逮捕されたんだ。内ゲバという言葉はわかるかね?」

「知っています」新左翼内部の暴力抗争のことだという知識はあった。

「児玉は起訴されて、七〇年の二月から公判が始まった。本人は完全なでっちあげだと否認したが、けっきょく執行猶予つきの有罪判決が出た。検察も控訴しなかったが、五年ぐらい経《た》ってからかな、児玉幸也《ゆきや》は信州の廃屋で餓死死体で見つかった」

　俊也は黙っていた。想像できる範囲を超えている。黙って語らせておくしかない。

「そのころにはもう真相はわかっていたが、冤罪《えんざい》だった。警察は、逮捕後にそれが誤認であると気づいたはずだ。だけど誤りを認めれば、その大学での学生運動に火をつけかねないと判断したのだと思う。強引に目撃証言やら状況証拠をかき集めて、送検した。児玉はナイーブな学生だった。取り調べと勾留生活のあいだに精神を病み、釈放後は日本中を放浪して、あげくあの若さで餓死したんだ。これはわたしの手元にあるその冤罪事件についての資料だ。この事件に、裕二くんは関わりがあったのは、きみも知ってのとおりさ」

「父は」関わりがあったのですか、と訊きかけて言葉を飲み込み、言い直した。「父は、そのことをずっと胸の奥に抱え込んでいました」

「無理もない。自分たちの身代わりで、無関係な学生が逮捕され、起訴されたのだからな」

「じつは、その冤罪事件に父がどの程度関わったのかが、はっきりしないのです。父もその、ノンポリという学生でしたから」

「あの時代、完全にノンポリでいられた学生なんていない。たとえ体育会でボートばかりこいでいようとだ。裕二くんは、その学生が逮捕され有罪判決を受けたのは、警察のミスであると承知していた。誰と間違えられたのかも、わかっていたんだ」

「父は、具体的な名前を出していませんでした。その児玉という学生は、父のそばにいた誰と誤認されたんです？」

「ひとりは、裕二くんと同じ下宿にいた学生だ。狩野という名前で、裕二くんの一年先輩、ロシア文学研究会というサークルのリーダーだった。陰では、そのサークルは脱走アメリカ兵をソ連に逃がす運動に関わっていた」

「ひとりは、ということは、ほかにも？」

「誤認されたということではないが、そのサークルの顧問が関わっていた。当時退官間近だったロシア文学の教授だ。三田村《みたむら》といった」

「そのひとたちが、新左翼の党派の活動に参加していたのですか。脱走兵支援の運動をしていたなら、さほど過激なひとたちではないだろうと想像するのですが」

「党派の活動家たちではなかった。ただ、大きく分ければニューレフトだ。多少の縁があった。つながりのあるグループに頼まれてその殺人犯を受け入れ、関係先や空き別荘などを手配したようだ。わたしは冤罪の児玉が死んだあとになってから、その三田村に確かめてみたが、彼は否定しなかった」

「父はそれを知っていた？」

「下宿の学生の狩野とは親しかった。三田村についても、よく慕っていた」

「父は第二外国語にロシア語を選んでいましたから」

「当時はさほど変わった指向ではなかった。この大学を出て北海道の公務員を目指すなら、ロシア語が読める話せるというのは、有利だったから」

「父もその脱走兵支援の仲間でしたか？」

「そのぐらいは、手記に書いてあったんじゃないのか？」

「いえ」俊也はあわてて言った。「違法行為に関わることについては、慎重にそういう表現は避けています」

「メンバーではなかった。でも、消極的な共鳴者であったのはたしかだ。裕二くんはときおり、狩野の代わりに連絡役を引き受けていた。狩野が尾行されている様子があったからだ」

「そんなときに、その児玉という学生の逮捕があったのですね？」

「そうだ。狩野や三田村たちが、ひとを匿える場所はないかと接触したのが、この近所の農業大学の新左翼的な学生たちだった。離農農家とか、納屋とかを想定したんだろう。その農大のグループと児玉が、また東ヨーロッパ映画の上映会などを通じて多少の関わりがあった。三田村たちはじっさいには、大学のセミナーハウスに指名手配犯を泊めていた。だから児玉が逮捕されたとき、三田村も狩野も、それは警察が自分たちと誤認したのだと気づいたはずだ。そのことは、狩野と親しかった裕二くんも知っていた。けっきょく三田村も狩野も、この件には頰《ほ》っかむりして、自分たちは運動を縮小した」

「そのひとたちが誤認と気づいた、というのは確実ですか？」

「それも三田村に確認した。この地方の狭いエリアで、児玉と狩野はいくつものキーワードが重なっていた。映画の上映会などで、同じ場にいたこともあったろう。警察の捜査が自分たちに迫っていると三田村たちは気がつき、狩野は一時身を隠した」

「父も、児玉という学生の逮捕は知っていた？」

「狩野の身の回り品を逃走先に送ったのは、裕二くんだ。事情は聞かされていたんだ」

俊也は驚いた。父は当時の政治的な活動に、そこまで関わっていたのだ。では、そのときそのグループの周辺で何が起こっているかも、把握できていたろう。

牧野が少し怪訝《けげん》な顔で訊いた。

「このあたりのことは、手記には？」

俊也は答えた。

「ありましたよ。下宿の荷物の件ですね。先生のお話で、関連がわかってきた」

「ただし」牧野がまた俊也を見つめてきた。「裕二くんは、その学生が餓死したことまでは知らなかった。二十年前、わたしがここでそのことを指摘するまで」

「知ったときの、父の反応は？」

「衝撃を受けていた。かなり激しく」

そう答えた牧野の顔は暗い。自分自身が受けた衝撃を物語っているようにも見える。

俊也は訊いた。

「先生は、児玉という学生の事件について、六九年から調べていたんですね？　児玉さんが逮捕された直後から」

「あの時代、大学の関係者は自分のところがバリケード封鎖などされないように、鋭敏になっていた。大学に過激学生が多いと見られたら、卒業生にはろくな就職口がなくなる。うちのような単科大学には致命的だ。さいわいわたしは刑法を学び、いくつもの冤罪事件を研究してきた。地下活動も警察の捜査も、自分の守備範囲のことだった。ウォッチできる力を持っていた」

「肝心の父の死との関連について、ぜひ先生の解釈を」

牧野は書類フォルダーを手元に引き寄せて立ち上がった。

「ここから先は、外で話そう」

「どこでです?」

「三間運河の脇を、歩きながらというのはどうだ?」

「かまいません」

ひとには聞かれたくない話題になるということだ。レイプ事件が闇に葬られた真相と、父との関わりが明らかになる。牧野がこのまま、俊也の父が残した手記が存在すると信じていてくれるのならばだが。

同窓会館を出ると、交差点の人影はもうまばらだった。車の通行もない。それでも牧野は交差点の信号が変わるのを待ってから、ステッキをついて横断歩道を渡った。

給水塔通りを三間運河まで歩くと、牧野は並木の内側の歩道を南に歩きだした。俊也はその右横を並んで歩いた。街路灯の少ない、暗い通りだった。ふたりの靴音と牧野のステッキの音が、敷石に固く響いた。

牧野が、前方に顔を向けたまま言った。

「裕二くんは手記に、あのときの事情聴取のやりとりをどの程度書いているんだ？」

事情聴取？　いつのことだ？　レイプ事件直後の漕艇部員たちへの聞き取りのことか？　自分もそこを知りたいのだけれども、ここまで二日間耳にしたことから、およその想像はつく。それを口にして、牧野が手記は存在しないと気づくかもしれないが、もっとしゃべらせるためにも、そのリスクは取るべきだ。

「父は、その夜、艇庫で美加さんへの暴行があったことを知っていた。それを先生に訴えた。そのあと先生がどう対応したかは、先生自身の口から伺いたく思います。父の手記は、一方的です」

「だろうな」牧野は皮肉っぽい微笑を浮かべたように見えた。「裕二くんは、当夜四年生たちによるレイプの気配に気づいて、止めに入ろうとした。しかし、何もない、と追い払われた。裕二くんはそこで引き下がったんだ。ほかの部員たちに相談することもなかった。現場を直接見ていない以上、疑念を抱えたままコンパが終わるのを待つしかなかった。コンパから数日たったところで、わたしは増田公子からレイプがあったことを知らされた。わたしはその告発を受けて、美加さん本人にも事情聴取をした。ついで裕二くんだった。彼は、あったはずだと認めた」

やはり父は、はっきりとその事実を語っていたのだ、牧野邦彦に。

「しかし、四年生たちは、暴行を否認した。いたずらをした、とは認めたが、後輩を川の中に落とすのと同じ程度の悪ふざけに過ぎないと。ちょうど卒業時期で、四人はいい就職先も決まっていた。そんな時期に、藪《やぶ》の中めいた証言をもとにして、彼らを犯罪者としてしまってよいかは、悩むところだった。美加さんにも気持ちを確かめたが、警察には訴えないという。ならば、それはなかったのだ。わたしは学長、学科長と相談し、セクハラめいた悪ふざけを習慣化してきたとして、漕艇部には対外試合の禁止処分を出した。未成年への飲酒強要も問題にした。そして部員たちには、根拠のない噂《うわさ》を振りまくことのないよう、厳重に注意した」

「でも、父は大学のその対応を受け入れることができなかった」

「そうだ。あくまでも刑事事件にするという。きちんと捜査してもらい、相応の刑事罰を下すべきだとわたしに迫った。わたしは説得した。見てもいない事件を大ごとにすべきではない。それにきみは、児玉の誤認逮捕を知っていながら、放置している。無実の罪でひとが裁判にかけられていることを容認している。どうしても美加さんの暴行事件を刑事事件にしたいというなら、まず狩野や三田村に自首を勧めてからにしろと」

「父はそれを持ち出されたことに驚いた」

「わたしが三田村たちの活動を知っていたとは夢にも思っていなかったようだ。裕二くんの関わりについても」

俊也は、わかったと感じた。事件のあと、父がひとが変わったようになっていったという理由。父の苦悩。罪悪感。父は、保身のために、つまるところひとつの犯罪の成立に手を貸し、ひとりの女子学生を人格崩壊させたのだ。誰かが偽証したのではない。父が沈黙していた。父はそんな自分をずっと許さなかった。自分を恥じ、自分は罰せられるべきと信じていた。それが成人してからの、寡黙で笑うことの少ない父の性格を作った。

やがて美加が投身自殺を遂げたと聞いたとき、父はそれを自分のせいだと責めたことだろう。だから失踪するようにこの街にやってきて葬儀に出席、そのあとは荒れて、酒を浴びるように飲んだ……。

牧野が足を止めた。

「二十年前、裕二くんはいまと同じようにこの道を歩きながら、わたしを責めてきた。あのとき先生がぼくを脅し、取り引きを持ちかけなかったら、美加さんは鬱病になどならなかったはずだ。四十二という若さで死ぬことはなかったと。ちょうどこのあたりで、裕二くんは激しくわたしを責めた」

俊也たちの少し前に、運河に向けて掘り込まれた石の階段があった。かつては荷役作業のために使われていたものだろう。石段は五段で水面に達している。

「きみはわたしの説得を受け入れたんだ、と言ったが、裕二くんは反論した。説得じゃない、強要だったと。虫のいい責任逃れだ。裕二くんがあのとき口をつぐんだから、美加さんは壊れ、自殺に至ったんだ。いや、いまなら言える。美加さんはその暴行の瞬間から、緩慢に殺されていったのさ。直接の責任は、その場にいた者たちにある。薄々気づいていながら、いや、不審に感じながらも何もしなかった者たちにある」

「父は苦しんだ。先生のその説得を受け入れたことを」

牧野はその階段を見つめながら続けた。

「非難が激しいので、わたしは児玉という学生が放浪の果てに無残な死にかたをしたことを教えてやった。裕二くんは知らなかったよ。ショックを受けていた。わたしは訊いた。彼の死には、きみは責任はないのかと。けっきょくのところわたしと取り引きして、きみは友人たちをかばった。無関係の学生が裁判にまでかけられているのに、きみはそれを放っておいた。それは自分たちがやったことですと、名乗り出ることもなかった。その結果、ひとりの繊細すぎた学生が壊れて、餓死したんだ」

「父の反応は？」

「打ちのめされていた。ぽかりと口を開けたが、声もなかった。いや、何か言おうとはしたのだろうが、声にならなかった。立ちすくむ裕二くんをあとに残して、わたしはこの道をそのまま歩いた」

牧野がまた歩き出した。前方に鋳鉄製の欄干の橋が見えてきた。ちょうどその橋の下を、小型の船がくぐってくるところだった。

牧野が再び足を止めた。

「あの夜と一緒だな。あの日も、こんなふうに幽霊船がやってきた」

昨日、深夜に見た船だった。古い動力船。しかし音は立てていない。男女ふたりが、無表情に乗っているところも同じだった。岡田が言っていた幽霊船。これだけはっきりと目に見えてはいるが、実在しない船。

その船は俊也たちの横を通りすぎた。牧野が振り返った。船は音もなく三間運河を進み、石段の前に止まって接岸した。

「こうやって振り返ると」と牧野は言った。「あのときもあの船が石段のところで止まったんだ。裕二くんは、乗っていた男女に招かれるように、石段からその船に乗っていった。まさかあの幽霊船に、と驚いたが、船は裕二くんを乗せたまま闇の向こうに消えていった。次の日、水死体で発見されたと知った」

船はいま、その石段のところに止まっていた。暗い運河ではあるが、船の上で男女ふたりがこちらに顔を向けているようにも見えた。

牧野が、少し調子を落とした声で言った。

「その事件への対応を誤ったと、二十年前、裕二くんはわたしを非難した。たしかだ。わたしは大学の体面を最優先させ、ひとつの暴行事件をないことにして、もうひとつの冤罪事件については知らんぷりを決め込んだ。結果としてふたりが死に、ふたりの死の事実を知ってもうひとりが死んだ。まるで自殺のようにだ。四十年前のわたしの処理が間違っていたのかもしれない。いや、そうなのだ。承知している。でも、わたしがそのことに悩んでいないと思うか？　四十年間、わたしは自分を責め続けてきたんだ。自分は人倫にもとることをした、卑劣で、信じがたく歪《ゆが》んだ男ではないかと。承知している」

牧野の目は石段前の幽霊船を見据えている。何かひとつ心に決めたような顔だ。冷え冷えとした決意。

「裕二くんの手記に何が書かれていようと、それを発表されたところで、わたしは打撃を受けないが、自分の良心については、やましい。やましさと恥ずかしさを抱えてわたしは生きてきた。きみがやってきて、あらためてわたしは恥辱と罪悪感にさいなまれている。天寿をまっとうしようなどとは思わない。船が呼んでいる。わたしも裕二くんがそうしたように、自分で自分の人生を消さねばならないのではないかという気がしている」

え？　もしや。

俊也は戦慄した。牧野は自殺しようとしている？　運河で入水しようとしているのか？

この自分が牧野の過去をほじくり出したせいで。

牧野がいま来た道を歩き出そうとした。俊也は思わず牧野の肩に手をやった。

背後から声があった。

「おじいさん！」

そして靴音。駆けてくる。牧野友紀だとわかった。ジャケットにパンツ姿だ。斜めがけの大きなショルダーバッグを揺らしている。

牧野も振り返った。

「おじいさん！」と、友紀が駆けながらもう一度叫んだ。

俊也は牧野の脇で位置を直し、あらためて牧野の身体《からだ》を押さえた。

友紀がちらりと俊也を見ながら、牧野の前まで来て彼の肩をつかんだ。

「おじいさん、大丈夫？　顔色が悪いけど」

牧野は友紀を見つめた。これは誰だと、自分に問うているような顔。怪訝そうだ。次の瞬間、彼の顔に生気が戻った。牧野はまばたきした。

「どうしたんだ？　こんなところで」

「レッスンの帰り。おじいさんを見たから」

友紀は俊也に目を向けてきた。

「祖父は何か？　何か奇妙に見えますけど」

「いいえ、何も。昔話を聞かせてもらっていただけです」

「どこかに行ってしまいそうに見えた。さよならを言っているように。わたし、びっくりして」

「なんでもありません」

俊也はあの幽霊船のほうに目をやった。いま止まっていた場所には、もう船はなかった。忽然《こつぜん》と、闇の中に消えていた。

俊也は友紀に言った。

「先生は少しお疲れのようです。どうぞおうちまで、一緒に」

「ええ」それから友紀は訊いた。「知りたかったこと、祖父から聞けたんですね？」

「わかりますか？」

「そういうお顔をしているから」

「そうですか」俊也も友紀に微笑を向けた。「わからなかったことを、知ることができました。ちょうど、古い地図を手に入れたような気分です」

「祖父と一緒に帰ります。おやすみなさい」

「おやすみなさい」

友紀は軽く頭を下げてから、牧野の腕を取り、ゆっくりと三間運河沿いの道を遠ざかっていった。

俊也はふたりが橋を渡り切るまで見送り、その姿が消えてから自分も運河沿いに歩き出した。

少し強い酒を呑みながら、気持ちを静める必要があった。牧野の話は、想像以上に父に厳しいものだった。そのことを受け入れるには、少し時間がかかりそうだ。それも、ひと月ふた月という単位ではなく、もっと長い時間が。

硝子町のほうには、どこかいい酒場はあるだろうか。ひとりで黙って飲むことのできる店。店の者も放っておいてくれるような店。酒はなんでもいいが、やはりきつい蒸留酒が必要だ。喉を焼くぐらいに強くて、香りの高い蒸留酒が。

もうみどころマップはいらない。店は自分で探す。看板と外装から、今夜にふさわしい店を見つける。たぶん自分にはもうそれができるだろう。この街の裏通りを歩くだけの土地勘は備わっただろう。とくに根拠はないけれども、そう思える。

思い出した。ひとつ電話をしなければならない。

俊也は歩きながら携帯電話を取り出した。

すぐに美由紀の声。

「はい。運河町はどうですか？」

「はい」と軽い調子で応えてから、俊也は言った。「面白い街だ。こんなにいろいろ興味深い街だとは思っていなかった」

「見どころは多いの？」

「ぼくにはね。とても二日間では回り切れないぐらいに」

「そんなに大きな街じゃないんでしょ。なのに？」

「意外だった。それで」

「え？」

「帰りなんだけどもね。もう何日かいようと思うんだ」

「いつまで？」と、美由紀は怪訝そうな声となった。

「決めていないけど、まあ、数日」

「お仕事は休めるの？」

「連絡すればね。有休も溜まっているし」

「寂しいなあ。そんなに長く行っているとは思っていなかった」

「ぼくにも意外だった。でも、せっかく両親がいた街にきているんで、見るところは全部見ておきたいんだ」

　何かノイズのような音が入ってきた。

　美由紀が言った。

「ごめん、電車が来ちゃった」この時刻、帰宅途中なのだろう。「着いたところで、また電話する。じゃあね。あんまり長くならないように」

「ああ。じゃあね」

　電話を切ると、俊也はオンオフ・ボタンを長押しして電源を切った。

　いま美由紀には、あと数日この街にいると言ったが、それではすまないという確信があった。いまの気持ちでは、もう少し長くいたい。少なくとも父の一件が胸のうちで完全に昇華されるまで。わだかまりではなくなるまで。

　もしかすると、仕事を探し、不動産屋に出向いて、長期滞在の支度を整えることになるかもしれない。住み着いてしまうかもしれない。でも、それで何か不都合はあるか？　それを止める何かがあるか？

　美由紀？

　彼女を説得することと、仕事を見つけることと、どちらが困難だろう。冗談でなら、それは前者だと答えられるが、彼女とのつきあいはもう一年以上になる。将来や結婚について語り合ったことはないが、美由紀がそろそろそれを意識していることは、自分も勘づいていた。彼女は専門学校の職員だ。一般職である。その職場で、何か特別な専門性を持って働いているわけではなかったが、逆に言えば、総務系の事務仕事全般ができる。仕事のスキルは、汎用性があるものだとも言えた。また、彼女の実家は北関東の小都市だ。

つまり彼女は、東京以外の都市で暮らすことについて、あまり大きな障害はないのだとも言える。もっとも、それは美由紀の立場を考えない勝手な言いぐさかもしれないが。それでも、結婚して運河町で暮らさないか、という提案は、してみる価値はあるだろう。問題は、前段はオーケーだが後段はノーという答だった場合か。そのときは自分が決断を迫られる。ふたつの命題に優先順位をつけなければならない。

とはいえ、この街は小さすぎて、仕事の口は少ないだろう。自分が持っている資格と言えば、自動車運転免許と教員免許だけだ。学校の数は限られている。あの木工職人の原島のように、独立してどこででもやっていけるだけの技術もない。仕事を見つけることは難しい、とは容易に想像がつく。しかし、札幌市のベッドタウンでもある町だ。別の言い方をするなら、札幌で仕事を探して、この街から通うという手はあるのではないか。

そこまで考えながら、俊也は苦笑した。

どうして自分は、この街にもっといたいと、これほどに真剣に願うのだ？　たった二日いただけの街になぜこうも惹かれて、仕事探しから始めようとするのか？　東京の私立高校の国語教員といういまの職業に、特別な不満を感じているわけではない。給料だって、東京都で働く教員資格を持つ者としては、人並みの額をもらっていた。勤務先の将来に不安はないし、職場でも自分はそれなりに評価されているだろう。仕事は安定していると言っていい。その仕事を捨ててまで、この街は住むに値するか？　石造りの建物と運河のある古い街は、なるほど散策するにはいい。石畳の路地や、運河脇のプラタナスの舗道を歩くときの気持ちよさは、よそでは得難いものだ。好みに合うカフェやレストランもある。しかし、それは観光地としての魅力に過ぎないのではないか。観光地のいわば上っ面に惹かれて移住を考えることは、愚かだ。

俊也は、運河町ホテルのあの隣室に住み着いてしまったという客のことを思い浮かべた。ときおり、悲しみがこもったようなため息をもらす、姿を見ない長期逗留《とうりゅう》客。彼は何か用事があってこの町に長期滞在しているわけではないようだった。ただなんとなく、あのホテルに住み着いてしまったのだろう。ホテルがその長期宿泊を認めているのだから、ホテル代の支払いもきちんとしているに違いない。でも、部屋を借りて、あるいは家を買って住むのではなく、ホテルに居続けなのだ。当初はそんな長居を想定していなかったのかもしれない。数日、せいぜい十日ぐらいの滞在のつもりだったのではないか。でも、ただなんとなく離れがたくなり、チェックアウトの時期を逸し、気がついたら一年も経ってしまったということだろうか。

あの悲痛にも聞こえるため息の意味は、いったい何なのだろう。居続けてしまったことを後悔している？　ちょうど街に取り込まれてしまったかのように、出るタイミングを失くして、そのことを悔いている？　こんな街は長居するほどの価値はなかったと、自分の決断を呪っている？

ひょっとすると、あのため息は、よせという自分への警告ではないのか？　馬鹿馬鹿しいことを考えるなと。旅先の高揚で人生を誤るなと。あるいは、いま自分はこの街に住むことを夢見始めているが、その一年後の姿が彼か？　愚かなことをしたと苦悩する自分が、あのため息の隣り客か？

いいや、と俊也は思いなおした。あのため息に後悔や悲嘆を聞き取るのは、過剰な反応だ。彼がどんな人物でどんな職業を持っている男なのかまったく知らないけれど、あれはただ大きな欠伸《あくび》をしただけだったのかもしれない。ふつうよりも少し大きく呼吸する質《たち》ということもありうる。彼は自分の意志で、このいくらか変わった街に居続けているのだ。そのことが不幸であったり辛いものであれば、彼はいつだって出て行ける。いつだってよその街に移ってゆける。止めるものは何もない。つまりあの客にとっては、この街の長逗留は居心地がよいということだ。

俊也はもうひとり、ひょんなことからこの町に住み着いてしまったという男のことを思い出した。野口というバイオリン弾き。酒場の流しを職にしているが、彼はもともとクラシック音楽の演奏家だった。なのに自分の四重奏団の演奏旅行の途中、この町で出会った女性と一緒にいることを選び、その四重奏団とは別れてこの町に残ったのだ。それが三十年ほど昔のことだったという。彼は、そのことをとくに悔やんでも、失敗だったとも思っていないように見えた。相手の女性がそれほどに素晴らしかったか、その女性を含めてこの街での暮らしが魅力的だったか、ということなのだろう。

何より、と俊也は運河の左右に首をめぐらしてから思った。

この街にやってきて、父へのわだかまりは薄れた。少なくとも、自分を捨てたことへの恨みは、いまはない。それほどまでに繊細で、しかも深く傷ついていた父に対して、憐れみの感情があるだけだ。けっして父は、いまの自分の憎悪の対象ではない。父が青春を過ごし、その青春の罪に決着をつけたこの町に対して、否定的な気分はこれっぽっちも持っていない。自分はこの街で、暮らせそうな気がするのだ。一生涯かどうかはわからないにせよ、最低でも四年、父が過ごした期間ぐらいは間違いなく。

いずれにせよ、もう少し考えてみよう。この件を、真剣に検討してみよう。グラスを前にして、だ。

俊也は携帯電話をショルダーバッグに収めた。

三間運河が直角に向きを変えている。俊也は運河に沿って通りを折れた。前方は少し明るい。街路灯の数が増えている。行く手右方向、建物の屋根の向こう側に、正教会の尖塔が見えた。硝子町は、あの正教会の向こう側だ。

俊也は少しだけ、足を早めた。

《初出》　本書は、「本の窓」2012年３・４月合併号～７月号、2013年３・４月合併号
～2014年２月号に収録された同名作品を、単行本化にあたり加筆・修正したものです。

佐々木譲
Joh Sasaki

1950年、札幌生まれ。1979年、『鉄騎兵、跳んだ』でオール讀物新人賞を受賞。90年、『エトロフ発緊急電』で日本推理作家協会賞、山本周五郎賞、日本冒険小説協会大賞を受賞。2002年、『武揚伝』で新田次郎文学賞を受賞。2010年、『廃墟に乞う』で直木賞を受賞。他に、『ベルリン飛行指令』『疾駆する夢』『警官の血』『代官山コールドケース』『獅子の城塞』『地層調査』『憂いなき街』など著書多数。

砂の街路図
２０１５年　８月３日　初版第一刷発行

著者　佐々木譲
発行者　稲垣伸寿
発行所　株式会社 小学館
〒１０１-８００１　東京都千代田区一ツ橋２-３-１
電話　編集０３-３２３０-５７６６
販売０３-５２８１-３５５５
印刷所　凸版印刷株式会社
製本所　牧製本印刷株式会社

ISBN978-4-09-386412-1